O Quarteirão Proibido

Jeremias mon amour!

Fernanda Tanizaki

O Quarteirão Proibido

Jeremias mon amour!

GRYPHUS
Rio de Janeiro

© *copyright,* 2015
Fernanda Tanizaki

Produção editorial
Gisela Zincone

Conselho editorial
Regina Bilac Pinto
Gilson Soares
Antonio de Souza e Silva
Julia Neiva
Maria Helena da Silva

Capa e projeto gráfico
Axel Sande - Gabinete das Artes

CIP-BRASIL. CATALOGAÇÃO NA PUBLICAÇÃO
SINDICATO NACIONAL DOS EDITORES DE LIVROS, RJ

T17q

    Tanizaki, Fernanda
    O quarteirão proibido / Fernanda Tanizaki. - 1. ed. - Rio de Janeiro : Gryphus, 2015. 144 p. ; 21 cm.

    ISBN 978-85-8311-047-7

    1. Ficção fantástica brasileira. I. Título.

15-25637   CDD: 869.93
                                      CDU: 821.134.3(81)-3

GRYPHUS EDITORA
Rua Major Rubens Vaz, 456 – Gávea – 22470-070
Rio de Janeiro – RJ – Tel: (0XX21) 2533-2508
www.gryphus.com.br– e-mail: gryphus@gryphus.com.br

Madrugada de terça-feira.

Antes de cruzar a rua e invadir os limites do Quarteirão Proibido, Ira Katurama pôs as mãos na cintura e admirou a própria imagem na vitrine de uma loja de calçados. Virou-se de lado e conferiu, mais uma vez, se a tatuagem do ourobouros estava visível o suficiente para ser captada pelas câmeras. Sim, tudo pronto para a missão.

Dentre os cosplays *que poderia ter escolhido, optou pelo visual ousado de Lilith, uma das inúmeras seguidoras do assassino Jeremias: cabelos soltos e desleixados, gargantilha, vestido de cetim com alcinhas e revestimento sintético na altura do decote, braçadeiras, meias de liga (que realçavam os poucos centímetros de pernas à mostra) e botas de cano longo com solado de borracha. Tudo branco e cintilante, em contraste com a pele acobreada e os cabelos que lhe escorriam numa negra cascata pelas espáduas.*

Ira não queria apenas romper as traqueias dos homens e das mulheres que fariam o impossível para detê-la. Queria também impressioná-los. Daí a escolha estratégica da superfeminina Lilith, uma personagem que conhecia as artimanhas das lutas reais. Ao contrário de todas as outras heroínas dos quadrinhos, Lilith nunca se atreveu a executar um roundhouse kick *de salto alto. Era por isso que Ira a adorava e a preferia às* demais, e não apenas porque Jeremias era o gibi mais bombado do momento.

— Ok, vadia! — disse para a imagem refletida na vitrine. — Hora da verdade.

Virou-se e atravessou a rua em passos largos e ritmados. Assim que ultrapassou a linha imaginária que circundava o Quarteirão Proibido, percebeu com o canto dos olhos que os bêbados saíam das sombras para habitar a solidão da noite. Sabia que eram guardas disfarçados. Estavam ali para impedir que pessoas indesejadas se aproximassem do edifício central.

Todo o quarteirão funcionava como um simulacro destinado a proteger os segredos que o mundo não deveria conhecer. Naquele pequenino pedaço de cidade, nada nem ninguém eram o que pareciam ser. O hotel de quinta categoria, a sapataria sem clientes, a confeitaria, o pequeno quiosque em que se consertavam guarda-chuvas, o chaveiro, a cabeleireira, o bazar, o sebo, a lanchonete e a academia de Kung Fu, tudo não passava de fachada. Os moradores do quarteirão, os comerciantes e as pessoas que rondavam o local à noite — especialmente mendigos e prostitutas — eram soldados treinados para matar.

"Mas têm um ponto fraco", pensou Ira. "Não esperam ser atacados por uma garota de 24 anos vestida como uma vagaba dos quadrinhos".

O fato de andar depressa fez com que os guardas se confundissem. Já que estava desarmada, não entendiam se era uma invasora ou uma tonta que cortava caminho para não perder o ônibus. Daí a demora em fazerem a abordagem. Uma mulher com a maquiagem borrada finalmente apareceu na sua frente.

— O ponto tem dona! — rosnou. — Vá procurar a sua turma.

Em vez de afrouxar o passo, Ira desvencilhou-se da mulher e seguiu adiante. Como previsto, os bêbados ficaram sóbrios de repente. Já não cambaleavam, corriam para tentar agarrá-

-la. Eram quatro, além dos que poderiam estar escondidos nas redondezas. Um deles sacou uma pistola e barrou a passagem de Ira.

— Parada aí, mocinha.

— Ai, meu Deus! — disse ela, fingindo medo.

— Aonde pensa que vai?

— Não me machuque, por favor, não me machuque...

— Quem é você?

— Essa arma... o senhor... oh, não... o senhor quer fazer coisas más comigo...

— Perguntei quem é você.

— Tenho a minha identidade aqui.

Ela fez menção de tirar algo do decote. Hora de verificar se os soldados do Quarteirão eram mesmo eficazes. Se o guarda olhasse para baixo, se cometesse um simples vacilo... mas precisava ser agora, já, pois a falsa prostituta estava mexendo na bolsa e os outros "bêbados" fechariam o cerco em questão de segundos.

— Minha identidade — repetiu Ira, forçando o ar de inocência. — Não quer ver?

Quis, o idiota.

Bastou que abaixasse os olhos para ela saltar e lhe arrancar a arma. Uma cotovelada no pescoço foi o suficiente para nocauteá-lo, mas Ira não deixou de explodir a cabeça do infeliz, assim como também atirou, num movimento brusco e rotatório, na mulher da bolsa e nos outros três que se aproximavam. Mesmo ferido, o último dos seguranças continuou avançando. Ira terminou de derrubá-lo com um roundhouse kick, igualzinho ao que Lilith faria se estivesse ali. E estava, de certa forma.

É óbvio que os disparos atrairiam reforços. Ira revistou os bolsos de suas vítimas e se armou com duas pistolas carregadas. Poucos metros a separavam da portaria do hotel. Correu e entrou atirando com as duas armas ao mesmo tempo. Atingiu o recepcionista e o falso hóspede que tentou responder ao fogo. Com exceção do rádio ligado — que tocava a versão original de Teach me Tiger — tudo ficou quieto por um segundo.

Nenhum alarme soara até o momento. Sob pena de pôr em risco o simulacro do Quarteirão Proibido, os homens do CGC jamais recorreriam a métodos convencionais de segurança. Isso queria dizer que a polícia ficaria de fora.

— Largue a arma! — o grito vinha do corredor. Tentariam pegá-la viva para descobrir quem estava patrocinando o ataque. — Largue a arma, porra!

Ira puxou o gatilho e o atingiu no pescoço. Substituiu as pistolas vazias pela escopeta que caiu ao lado do inimigo. O som de uma campainha avisava que as portas do elevador estavam se abrindo. Três falsos hóspedes começaram a atirar lá de dentro. Ela revidou os disparos até que as portas se fechassem novamente. Era a sua chance. Tinha poucos segundos para chegar à passagem secreta descrita pelo informante.

À direita do elevador havia uma pequena porta — a verdadeira! — com os dizeres "material de limpeza". Fake como todo o resto. E frágil. Depois de atirar na fechadura, Ira conseguiu escancará-la com um chute. No lugar de baldes e vassouras, deparou com uma gigantesca porta de ferro. Ao lado havia um visor com um teclado numérico. Digitou a extensa senha fornecida pelo informante e — clank! — descobriu a escada que a levaria às profundezas da terra.

— Yes! — ela vibrou com um salto e um gritinho de triunfo. — Parece que encontrei o meu Graal.

Respirou fundo.

Estava entrando na Biblioteca Subterrânea do CGC.

Jeremias mon amour!

1

Quando Magritte saltou do ônibus e viu os respingos de sangue na calçada que circundava o Quarteirão Proibido, entendeu que aquele não seria um dia como outro qualquer. Algo errado e verdadeiramente grave acontecera durante a noite. Caso contrário, a equipe de limpeza não teria deixado vestígios tão evidentes de que o prédio central sofrera um ataque.

— Por que parou? — Magritte ouviu a voz no interior do chapéu. — O que houve?

— Ainda não sei — respondeu preocupado. — Mas boa coisa não é.

Uma mulher que passava olhou para Magritte como se estivesse encarando um doido viciado em monólogos públicos. Ele percebeu o olhar, mas já não dava importância à opinião de mais ninguém.

No geral pensavam que fosse um caso perdido de excentricidade mórbida, obviamente por causa das roupas. Todo mundo dizia que Magritte se chamava Magritte porque, chuva ou sol, jamais deixava de usar o sobretudo impermeável e o chapéu coco estilo Chaplin. Na realidade, era o inverso que ocorria. A data do seu nascimento, que coincidiu com a da morte do pintor, atraiu o nome de batismo, que por sua vez atraiu o vestuário, o cachimbo e o guarda-chuva com a lâmina de aço embutida no cabo. As piadinhas dos colegas jamais o convenceram a abandonar o *look* de pintura surreal. Para os outros, tratava-se de uma aparência antiga e extravagante. Para ele, ao contrário, era um meio de exercitar sua discrição. Sentia-se como mais um dos que choviam, e assim estava bom.

Logo que avançou no interior do Quarteirão Proibido, percebeu o estado de pesar que se abatera sobre o pessoal disfarçado. Eles não tinham autorização para falar abertamente sobre suas funções na segurança — precisavam manter o disfarce 24 horas por dia —, mas não dava para negar a eloquência reveladora dos seus olhares. "Parece que a coisa foi feia pra valer", concluiu Magritte. "Quantos guardas perdermos? E quais?" Àquela hora da manhã, os falsos comerciantes já estavam atendendo os cidadãos comuns que por acaso se aproximavam do prédio central. Apesar do esforço, os agentes não conseguiam esconder suas caretas de preocupação.

— O que está vendo? — disse a voz no interior do chapéu. — Me diga o que está vendo.

— Uma coisa de cada vez — cochichou Magritte. — Melhor entrarmos primeiro.

Chegou ao quiosque que anunciava consertos rápidos para sombrinhas e guarda-chuvas. Era o seu disfarce. Bancava o proprietário do empreendimento — que não dava o menor lucro — e por ali tinha acesso ao túnel que dia a dia o levava à Biblioteca Subterrânea.

— Bom dia, Labdien — cumprimentou o auxiliar que estava a postos no balcão.

— Bom dia, senhor — foi a resposta tristonha. — Eu... bem... não sei como dizer... mas é minha obrigação informar que... perdemos nove peças...

— Compostura! — ralhou Magritte. Ainda que estivessem a sós, em nenhum momento deveriam abandonar os papéis de patrão e empregado. — Se ficar dando bandeira desse jeito, terei de mencionar o seu deslize no relatório mensal.

— Perdão, senhor. Eu estava me referindo às armações de guarda-chuvas que sumiram do nosso estoque.

Magritte passou para dentro do quiosque. Labdien era um bom garoto, demonstrara lealdade no caso das modelos e agora dava o seu melhor para proteger o quarteirão. Se cometera a loucura de falar em código — prática execrável pelo CGC — é porque estava realmente abalado com a perda dos colegas.

— Quanto prejuízo! — suspirou Magritte, desanimado, também ele dando as costas ao protocolo. — Tem certeza que foram nove?

— Absoluta, senhor.

— Sabe a que horas ocorreu?

— Por volta das três.

— Tem mais de cinco horas... Por que não fui informado?

Antes de abrir o alçapão e descer pelo cano de bombeiro que existia no centro do quiosque, Magritte recomendou que Labdien armasse o seu melhor sorriso e atendesse os clientes com a maior atenção do mundo.

2

Dez metros abaixo do solo, entrou num túnel iluminado por centenas de pequeninas lâmpadas azuis. Todos os dias seguia o trajeto até a porta de ferro. Quando usou a ponta do guarda-chuva para digitar sua senha pessoal, teve o acesso negado. Repetiu a operação com o mesmo fracasso. Um minuto depois, quando a porta se abriu, Magritte foi abordado por dois soldados do CGC. Usavam armaduras kevlar para situações de emergência e empunhavam fuzis AK105.

— Desculpe, senhor — disse um deles. — As senhas foram alteradas há poucos minutos. Estamos revisando o protocolo de segurança.

— Podem me dizer o que ocorreu durante a noite?

— Negativo, senhor. O senhor deve se dirigir ao nono andar. Red Tie o espera para uma reunião.

"Típico!", pensou Magritte. "Por que não me espantei com a notícia"?

Passou pelos soldados e seguiu ao longo de um corredor que continuava até o primeiro andar da biblioteca. Ali a iluminação se dava em tons de vermelho, o que contribuía para aumentar sua ansiedade. Desejava saber

os nomes dos agentes que tombaram no cumprimento do dever.
— Ei, ei, ei! — disse a voz no interior do chapéu. — Posso sair?
— Oh, perdão. Quase me esqueço de você.

Magritte levantou o chapéu e permitiu que o boneco saltasse para o seu ombro. Era uma *action figure*, uma reprodução em vinil de Jeremias, o assassino, visualmente igual às que estavam à venda na internet e nas lojas de brinquedos: um anãozinho mal encarado com óculos escuros e barba espetada, chapéu de malandro e capa de chuva, munhequeiras de couro e espada japonesa atravessada nas costas. A diferença é que possuía vida própria, falava de verdade e podia se mover até os limites das suas articulações.

— Santa eficiência! — entoou a voz cavernosa do boneco. — Como é que esses caras deixaram você passar sem revista?

— Sabem que tenho um grilo falante no chapéu.

— Não estou falando de mim. Se eu fosse da segurança, passava o pente fino em todos os funcionários.

— Acha que isso não vai acontecer ao longo do dia? Tenho certeza que o Red Tie vai me encher o saco por duas horas seguidas.

— Estarei ao seu lado.

— Não precisa me acompanhar, se não quiser.

— Que é isso, magrinho! Não posso abandonar o homem que eu amo.

Silêncio.

— Ouviu, grosso?

— E agora sou surdo?

— Às vezes parece. Por via das dúvidas, segue um *replay* limpo e espontâneo: eu te amo.

— Eu também, Jê, eu também...

Seguindo o ritual de cada manhã, Magritte e o boneco distribuíam bons dias enquanto avançavam entre as mesas e as estantes da biblioteca. Os colegas normalmente retribuíam os cumprimentos com brincadeiras — dirigiam-se a Jeremias com a alegria de quem interpela um papagaio de pirata — mas dessa vez, por razões óbvias, havia algo diferente no ar. A dúzia de funcionários que ocupava o primeiro andar apenas fingia que trabalhava. As caixas e os carrinhos com manuscritos à espera de encaminhamento passavam despercebidos pelos responsáveis. Magritte sentiu que muitos o espiavam de forma suspeita. E ouviu que sussurravam entre si — "será mesmo o espião?" — enquanto se afastava para tomar o elevador e descer até o nono andar.

— Bom dia, Steranko — disse ao ascensorista. — Climão, hein?

— Também, senhor, com o que aconteceu nessa madrugada.

— Vamos até o segundo. Quero pegar uns papéis na minha mesa.

— Lamento, senhor, tenho ordens de levá-lo até o nono. Sua reunião foi agendada como prioridade urgente urgentíssima.

Jeremias protestou, mas Magritte fez sinal para que se calasse.

Ninguém tinha permissão para usar o elevador sem a presença de Steranko. Ele é que comandava as idas e vindas dos bibliotecários. O edifício possuía nove andares contados de cima para baixo, com níveis de importância avaliados em proporção crescente. Quanto maior o número do andar, ou quanto mais fundo estivesse na terra, mais perigosos seriam considerados os livros que armazenava. O primeiro piso era usado para o processamento do material bruto que chegava de diversas partes do globo. No segundo ficavam as salas do departamento de RH, chefiado por Magritte há mais de dez anos, donde eram enviados agentes de campo para fazer o recrutamento de novos colaboradores. Ali também trabalhavam os leitores especializados (os cargos mais cobiçados da carreira). No terceiro ficava o estúdio dos copistas e o amplo auditório em que se realizavam as reuniões eventuais dos funcionários, chefes de seção e encarregados em geral. Do quarto em diante funcionava a biblioteca propriamente dita. Um livro catalogado como E ou F, ou seja, esboços de romancistas ou memorialistas fracassados, não tinha necessidade de uma armazenagem tão profunda. Já um livro que recebia o carimbo C ou D precisava descer para as estantes inferiores. Era o caso de tratados científico-filosóficos que causariam abalo se viessem a público. Os livros da categoria B consistiam no suprassumo da periculosidade e por isso ocupavam todo o oitavo andar. Por fim, desde a criação da biblioteca há 550 anos, apenas um manuscrito recebera a letra A. Os funcionários desconheciam o seu conteúdo, mas era chamado O Livro e ficava numa redoma à prova de balas do nono andar, separado da mesa da chefia por um bizarro sistema de eletrificação.

— Xaropada! — exclamou Magritte. Enquanto o elevador descia com um zumbido enjoativo, o ascensorista fitava o vazio como uma estátua de gelo. — Diga alguma coisa, Steranko. Você trabalha numa posição privilegiada, tem chance de conversar com todo mundo, deve estar sabendo o que aconteceu.

— Uma tragédia, senhor.

— É lógico que foi uma tragédia. Quero saber os pormenores. O prédio foi atacado e sofremos nove baixas, isso é correto?

— Parece que sim, senhor.

— Você sabe os nomes dos agentes que perdemos?
— Não de todos, senhor.
— Que é isso, Steranko? Pare de me chamar de senhor e diga logo o que sabe. A senhorita Ben-Eli estava entre eles?
— Temo que sim, senhor.
— Ah, não! Era uma boa garota. Tinha futuro na organização.
O boneco de vinil puxou a orelha de Magritte numa ostensiva demonstração de ciúmes.
— Agora não, Jê. A hora é péssima para cenas.
— Não gosto quando você fala de mulheres assim — Jeremias cruzou os braços e fez beicinho. — Já não disse mil vezes que soa como ofensa?
— Desculpe, meu bem, desculpe. Estou nervoso com tudo isso. Não vai se repetir, prometo.
Steranko fez de conta que não ouvia a conversa entre o homem e o brinquedo. Soltou um pigarro e continuou:
— Pelo que sei, uma garota invadiu a biblioteca, desceu até o oitavo andar e roubou um livro da categoria B.
— Uma garota? Sozinha?
— Tudo indica que sim.
— Mas como ela conseguiu?
— Suspeita-se que conhecia as senhas das portas e do próprio elevador, além dos hábitos das sentinelas e a posição que os soldados ocupam dentro da biblioteca. Provavelmente foi orientada por um informante interno.
— Está querendo dizer que fomos traídos?
— Ouvi mais do que isso.
— A chefia tem um nome?
— Serei franco, senhor Magritte. Apesar das suas — olhou para o boneco — excentricidades, tenho grande estima pelo...
— Peraí, peraí, peraí um pouquinho... Será que entendi direito? Estão desconfiando... de mim?

O ascensorista fez um gesto com a cabeça. A campainha indicou que o elevador acabara de chegar ao seu destino. As portas começaram a se abrir.

— Que motivo o magrinho teria para trair o CGC? — disse Jeremias. —Você acredita, Steranko? Acredita que Magritte seja o traidor?

— Eu não — respondeu Steranko. — Mas ele sim — e apontou para Red Tie, que esperava com um sorriso de paciente superioridade.

3

Ao contrário dos outros andares, o nono não abrigava estantes, divisórias ou funcionários. Era um amplo salão pintado de branco que dava aos visitantes uma ilusão de infinito. Havia uma mesa ao fundo, o único móvel do local, próxima ao emaranhado de grades eletrificadas que envolviam a redoma na qual se encontrava O Livro. Todo o resto era ocupado por um incômodo e silencioso vazio.

— Magritte! — Red Tie abriu os braços. — Faz tempo que não desce para conversarmos.

— Este lugar me deixa tonto.

— Pensei que estivesse ocupado com seus afazeres no RH. Foi a desculpa do mês passado.

— Desculpa verdadeira. As duas, quero dizer. O excesso de trabalho... e a tontura.

Assim que as portas do elevador se fecharam, o desconforto aumentou para Magritte. Era mesmo possível que alguém pudesse passar o dia num lugar como aquele? Não havia pontos de referência além da mesa e do invólucro do livro secreto. Era como se estivessem flutuando num limbo de solidão.

— E você, coisinha linda? — Red Tie esticava o dedo para acariciar a barriga de Jeremias. — Também não gosta de sensações etéreas?
— Sai de mim! — O boneco sacou a espada e assumiu uma postura de batalha. — Fora, xô, fora!
— Jê! — chamou Magritte. — Comporte-se, por favor.
— Deixa o pobrezinho brincar — riu-se Red Tie.
— Venham comigo. Quero que vejam uma coisa.
Era um velho ágil que andava com a precisão silenciosa dos felinos. Vestia branco da cabeça aos pés, incluindo o chapéu que escondia os cabelos restantes na cabeça. Não fosse a gravata vermelha, ficaria invisível na vastidão do nono andar. Impossível adivinhar seu humor. Passava do riso ao xingamento com uma facilidade desconcertante. Magritte temia que isso pudesse ocorrer nos próximos minutos.
— Posso começar? — disse Red Tie.
— Vá em frente.
— Você sabe quanto tempo faz que um indivíduo não autorizado mete as patas em algum dos nossos livros?
— Cinquenta e quatro anos, três meses, quinze dias e, se recebi a informação correta, nove horas.
— Bravo. Sempre soube que você era o melhor dos nossos cérebros, assim como Steranko é a maior das nossas bocas.
— Por que se referiu a mim no passado?
Red Tie não respondeu. Fazia parte da sua estratégia de interrogatório. Certamente submeteria os demais funcionários ao mesmo diálogo inquiridor.
— Há mais de meio século — prosseguiu Red Tie —, quando eu era um simples agente de segurança, enfrentamos um assalto de proporções abissais. Vinte e sete mercenários armados até os dentes invadiram as antigas instalações da biblioteca. Tivemos sorte ao proteger os

livros. Os intrusos foram mortos ou capturados, descobrimos os mandantes e desmantelamos a organização que estava por trás do ataque. Para que os jornais não suspeitassem da nossa existência, sumimos com os vestígios do tiroteio e mudamos a biblioteca de Londres para cá. Foi uma operação exaustiva, mas necessária. Demarcamos os limites do Quarteirão Proibido, povoamos a vizinhança com guardas disfarçados e criamos um cinturão de segurança ao redor do prédio central.

— Ouvi relatos de outros ataques.

— Oh, sim. Ações de grupos menores e mal preparados, espiões de fim-de-semana, curiosos que estavam investigando por conta própria. Em suma, criancices de amadores que não se comparam ao que aconteceu nessa madrugada. Se conheço Steranko, você já deve estar sabendo que uma garota conseguiu furar o bloqueio e entrar na biblioteca.

Haviam alcançado a mesa de Red Tie, que tocou a superfície e fez com que um vídeo fosse projetado no centro do andar. Eram imagens das diversas câmeras de segurança que vigiavam o interior e o exterior da biblioteca. Magritte engoliu em seco ao visualizar os trajes da invasora.

— Lilith? — cochichou Jeremias em seu ombro.

— Schhh! — fez Magritte. Como Red Tie não lia quadrinhos, era pouco provável que tenha percebido o detalhe.

Magritte ficou ainda mais espantado ao verificar a forma fria e habilidosa com que a garota alvejou os guardas disfarçados. Ben-Eli, Carlyle, Rojas, Mirko, Ernesto... todos mortos num piscar de olhos. Quem era a invasora? Onde aprendera a lutar e atirar daquela maneira? Numa segunda sequência de imagens, pôde acompanhar os passos do tiroteio na portaria do hotel. Mais três mortos, mais uma enxurrada de disparos no curto espaço de tempo em que as

portas do elevador permaneceram abertas. Ela sabia que havia algo atrás da portinha dos materiais de limpeza. E conhecia a senha, óbvio. Os próximos vídeos mostravam como ela despistou o soldado que fazia a ronda no primeiro andar, como acessou o elevador a partir de uma nova senha e desceu tranquilamente até o oitavo.
— Espere! — disse Magritte. — Volte o vídeo, por favor, apenas um segundo.
— Aqui?
— Não, não. Antes. Só um pouco, mais um pouco... aí!
— Viu alguma coisa? Temos que reportar ao pessoal da segurança.
É claro que viu. Nas costas dela, à esquerda, quando se virou apressada e permitiu que os cabelos se agitassem sob a claríssima luz do elevador: a pequena tatuagem do ourobouros, a salamandra que devora a própria cauda, figura que passaria despercebida a Red Tie, mas não a alguém como Magritte.
— Não... — respondeu, fingindo decepção. — Não vi nada, não. Tive uma impressão confusa, só isso.
— Então faça o favor de não me interromper até o fim da projeção. Veja como ela vai direto à estante 38 e retira o livro do conjunto superior. *Os Segredos da Magia Direcionada*, de Eliphas Levi. Sabia exatamente onde encontrar. Depois ela corre e toma o elevador de emergência, uma passagem secundária que não é do conhecimento da maioria dos nossos funcionários. Topa com um último soldado na saída do prédio e, em vez de fazer barulho com um tiro de escopeta, dá um jeito de nocauteá-lo com a coronha. É incrivelmente rápida e agressiva. Enquanto os nossos agentes se concentram nas portas do elevador principal, ela sai pelo outro lado e desaparece para sempre das nossas câmeras.
— Tem alguma coisa errada no procedimento

dessa garota. Se sabia tanto sobre a biblioteca, por que se contentou com o oitavo andar? Por que não desceu até o nono e pescou um peixe grande de verdade?

— É impossível se aproximar d'O Livro sem tomar um choque mortal. Com certeza estava informada a esse respeito.

— Mas... um tratado sobre magia? O que ela quer com isso?

— O mesmo que iria querer com os estudos inacabados de Einstein ou as máximas da criptografia que Turing jamais publicou. Poder, Magritte, poder!

Red Tie parecia cansado. Sentou-se, abriu uma gaveta, apanhou a caixa de charutos e a guilhotina. Escolheu uma peça, cheirou-a, cortou a ponta com a habilidade acumulada em sete décadas de existência. Em vez de usar o isqueiro, acendeu o charuto no ouvido. Magritte odiava quando ele fazia isso. Era um truque exclusivo dos *ties*, usado por pura exibição. Não dava pra saber como faziam aquilo, mas o fato é que colocavam o pé do charuto na orelha, que esquentava como um acendedor automático, e então a fumaça se espalhava pelo recinto. Outra coisa que irritava Magritte: Red Tie jamais oferecia os charutos e raras vezes permitia que os subordinados ficassem sentados em sua presença. Tamanha falta de educação se convertia numa arrogância inútil para a sobrevivência da Biblioteca.

— Observei as suas reações diante dos vídeos — disse o velho, soltando uma baforada. — Vou perguntar apenas uma vez, mas quero que a verdade seja dita desde a primeira palavra: conhece a invasora?

— É claro que não — respondeu Jeremias.

— Não perguntei para você! — Red Tie inclinou-se sobre a mesa. — Responda, Magritte, já viu aquela garota antes?

— É claro que não — disse no mesmo tom indignado do boneco. — Por que desconfiam de mim?

— Você tem acesso a todas as informações que ela usou para entrar e sair da biblioteca.
— Sim, é verdade, mas os outros funcionários graduados também. Não é impossível que algum novato do baixo escalão tenha fuçado até descobrir as senhas. Já pensou nisso? Podem ter plantado um espião aqui dentro.
— Pois essa é a sua responsabilidade! Você é que faz o recrutamento do pessoal. Teria condições de facilitar uma infiltração.
— Por que ele faria isso? — disse Jeremias.
— É — emendou Magritte. — Por quê?
— Faz tempo que estou de olho em você. Tenho notado comportamentos dispersivos. — Red Tie apontou o charuto para Jeremias. — Está perdendo um tempo precioso com distrações.
— Calma lá — disse o boneco. — É comigo?
— Xaropada! — Magritte sacudiu o guarda-chuva no alto da cabeça. — Você mesmo assinou a autorização para que Jê me acompanhasse no trabalho. É por causa disso que desconfia de mim?
— É por causa da sua ambição.
— Que ambição?
— Todo mundo sabe que deseja ser promovido a leitor especializado.
— E quem não deseja? É o cargo mais alto da hierarquia. Só fica abaixo do seu.
— Você não quer o cargo, confesse. Quer os livros, o Conhecimento. Quer ter um direito que até hoje lhe foi negado, o direito de passear entre as estantes e ler as páginas que podem mudar o destino da humanidade.
— Faz sentido, mas eu nunca trairia o CGC. Antes de passar informações a estranhos, seria menos arriscado se eu mesmo roubasse algum livro.
— Nenhum de nós pode tirar o que quer que seja da biblioteca, você sabe disso. A vigilância é severa, e a pena por desobediência é a morte.

— Escute, Red Tie, eu jamais tomaria parte em algo que traria baixas ao nosso pessoal. Se acha o contrário, então mande me enforcar de uma vez. Sou inocente.
— Prove.
— Como?
— Não sei. Prove.
— Vou recuperar o livro.
— Está velho demais para isso.
— Sei onde procurar.
— Então conhece a garota.
— Não.
— Viu algo no vídeo? Algo que não quis me mostrar?
— Me dê uma chance. Trarei o livro de volta. Aí vai ver que está cometendo uma injustiça.

Um silêncio incômodo se instalou entre os dois. Ouvia-se apenas o zumbido do gerador que mantinha as grades eletrificadas. Red Tie recostou-se na cadeira e começou a girar o charuto nos lábios — sinal de que estava considerando a proposta? Magritte pendurou o guarda-chuva no braço esquerdo e ajeitou o fumo na concha do cachimbo. Era uma forma de se acalmar, mas também de responder à falta de educação do superior. Por que não lhe oferecia uma cadeira?

— Quer ser como eu? — disse o velho, de repente.
— Do que está falando?
— Quer ter os privilégios que eu tenho?

Red Tie se levantou e caminhou até as grades eletrificadas. Fez um gesto quase imperceptível e o zumbido do gerador deixou de existir.

"Que diabo ele está fazendo?", pensava Magritte, que passou a mão na testa e colheu uma farta amostra de suor.

Jeremias, por sua vez, agarrou-se com força nas lapelas do sobretudo.

Sem o perigo de levar um choque, Red Tie afastou a grade, abriu a redoma e pegou O Livro. Era um volume fininho, devia ter menos de cem páginas. Estava protegido por uma capa de veludo preto, sem inscrições, que parecia suja quando vista de perto.

— Sabe que já li? — disse Red Tie. — Daria tudo o que tenho para esquecer o que está escrito neste livro. Por isso sou capaz de compreender a minha obrigação: impedir que ele seja acessado por quem quer que seja ao redor do mundo. Você entende que precisa fazer a mesma coisa?

As mãos de Magritte tremiam. Ao tentar acender um fósforo, percebeu que a lixa da caixinha estava úmida. Então apanhou um novo palito — viu que restavam sete — e inclinou-se para riscá-lo na sola do sapato. O fogo não se acendeu. Na segunda tentativa, conseguiu gerar a chama que levou até a concha do cachimbo.

— Li o manual — respondeu Magritte. — Um milhão de vezes.

Queria se acalmar com o perfume da fumaça, mas a verdade é que continuou tenso e intrigado. O que pretendia Red Tie? Não tinha medo de danificar a peça mais valiosa da biblioteca? Não tinha medo de que a roubassem? Por que não devolvia O Livro ao seu lugar? Por que não reativava a eletrificação das grades? Infindas ideias colidiam na cabeça de Magritte. Queria descobrir o título do livro, queria saber do que se tratava e estudar a natureza do seu conteúdo, mas a simples possibilidade de tocá-lo fazia com que ficasse paralisado.

— Você tem vinte e quatro horas — disse Red Tie. — Se recuperar o tratado sobre magia, melhor. Mas isso deixou de ser prioridade a partir do momento em que ativei o setor de contra-informação. Queremos o traidor. Nome e provas que possam incriminá-lo. Não estou fazendo isso por você, mas pelo pessoal da biblioteca. Se falhar, serei obrigado a decretar a Ordem Extrema.

— Não... — balbuciou Magritte. — Isso não...

— Sabe que não tenho escolha. Se não descobrir o traidor até as dez horas de amanhã, não poderei voltar atrás em minha decisão. Vá. O tempo está correndo. Tudo girava ao redor de Magritte. Olhou para os próprios pés e imaginou que estivesse flutuando no vazio fosforescente do nono andar. Sentia ânsias de vômito. Afastou-se, andando de costas, até virar-se e avistar as portas do elevador.

— E não se esqueça — disse Red Tie, exibindo O Livro. — Isto não é um livro.

4

"Quem será o traidor?"

A pergunta martelava a mente de Magritte. Ulrich era um nome sugestivo. Encarregado da recepção e do encaminhamento dos originais conforme as línguas em que estavam escritos, também desejava ser promovido a leitor especializado e assim conhecer o conteúdo integral dos livros nos quais trabalhava.

Toni Sarajevo era outro que acenava com uma boa dose de suspeita. Jovem poliglota que fora escalado diretamente para o andar de leitura, logo tornou-se um dos responsáveis por classificar a periculosidade dos livros e determinar seus lugares nas estantes. Não tinha medo de demonstrar sua vaidade, sofria de tiques frequentes de megalomania e não era de duvidar que fosse capaz de trair o CGC por dinheiro.

Oriana, por fim, a mais bela das mulheres a transitar por entre os bibliotecários, também encontrou o seu lugar na lista. Uma vez confidenciara a Magritte que, embora não estivesse nem aí para O Livro, faria qualquer negócio para possuir ao menos um dos volumes do oitavo andar. Considerando que cultivava interesses em magia e ocultismo,

tornou-se evidente a sua possível associação com o título roubado.
— Será que o Red Tie pirou? — disse Jeremias no elevador. — Por que desligou o sistema de segurança e se expôs com O Livro?
— Depois a gente conversa — respondeu Magritte.
— Você ficou com medo, meu bem. Eu vi. Suas mãos tremiam e tudo. Não vai me dizer que...
— Chega, Jê!
Para alívio de Magritte, o boneco finalmente se calou. Era lógico que Steranko estava com as orelhas escancaradas, embora fingisse indiferença. Não era bom que certas coisas fossem ditas na presença do ascensorista. Melhor: na presença de ninguém.

Se quisesse ser honesto, Magritte precisava admitir para si mesmo que Red Tie não estava totalmente errado em suas suspeitas. Em algum lugar daquela biblioteca havia uma página capaz de resolver o problema de Jeremias. Talvez os *ties* houvessem descoberto que o boneco era mais do que plástico animado e inteligente e que um ataque à biblioteca poderia ser útil para devolvê-lo a seu estado original — daí a desconfiança. O que não sabiam era que, antes de trapacear, Magritte esgotaria todas as possibilidades de jogar conforme as regras.

— Primeiro andar, senhor.

Deixou o elevador sem se despedir. E não falou com mais ninguém até sair da biblioteca. Assim que cruzaram o túnel para novamente subirem ao quiosque, Jeremias voltou a se esconder sob o chapéu coco. Magritte dificilmente saía pelo mesmo lugar que entrava, mas hoje quebraria toda a sua rotina.

— Voltou cedo — disse Labdien ao ver o chefe abrir o alçapão. — Tudo certo lá dentro?

— Mais ou menos — respondeu Magritte. — Preciso resolver um assunto na rua. É provável que só volte amanhã. Cuide das coisas, sim?

Magritte passou para fora do quiosque. Caminhou dez metros, lembrou-se de algo e retornou para dirigir uma última palavra ao auxiliar.

— Ah, Labdien...
— Senhor?
— Mudei de ideia. Não quero que venha para o trabalho amanhã.
— E o quiosque?
— Deixe fechado.
— Mas... e o meu posto?
— Obedeça, sim? Não faça questionamentos desnecessários. Apenas siga as minhas ordens.

Sem balançar o guarda-chuva como costume, Magritte deu meia-volta e passou pelos mesmos olhares de desamparo dos guardas disfarçados. Afastou-se do Quarteirão Proibido e perambulou um tempo pela cidade. Entrou no banco em que tinha conta e sacou todas as suas economias. Quando Jeremias quis saber por que fez isso, explicou que não dava para se atirar numa investigação sem dinheiro no bolso.

Por fim sentou-se a um ponto para esperar o ônibus.
— Posso fazer uma pergunta? — disse a voz no interior do chapéu.
— Estava demorando.
— Você tem poderes para dispensar Labdien do trabalho?
— Acho que não.
— Então por que fez isso?
— Estou tentando salvar a vida do garoto.
— Como assim?
— Não ouviu o que o Red Tie disse lá embaixo?

Aqueles velhos são capazes de tudo para manter os livros em segredo. Tudo mesmo. Mudar as instalações de uma hora para outra, subornar os jornais, matar as pessoas a sangue frio.

— Não estou entendendo.

— O CGC não pode permitir que a biblioteca conviva com um espião. Se não descobrirmos quem forneceu as senhas à garota fantasiada de Lilith, todos os funcionários serão assassinados.

— O quê?!

— Não importa quantos inocentes percam a vida, desde que o traidor morra também. Depois as contratações começam do zero. É a Ordem Extrema a que Red Tie se referiu.

— Está querendo dizer que...

— Sim, Jê, é isso mesmo. Ou encontramos a maçã podre, ou vão triturar o cesto inteiro...

5

Ninguém entendia o relacionamento de Magritte e Jeremias. O próprio Magritte ficava constrangido quando tentava dizer a si mesmo que estava apaixonado por um boneco de vinil com a fisionomia de um personagem dos quadrinhos. Na realidade, Jeremias — ou pelo menos *aquele* exemplar de Jeremias — não se limitava a ser um fenômeno de vivificação da matéria inanimada. Ele não era exatamente o que indicava a sua aparência. Havia uma curiosa história por trás da forma como o homem e o brinquedo se conheceram.

Tudo tivera início há cerca de dois anos, quando Magritte saiu de um dia normal de trabalho e resolveu dar uma passadinha no sebo do Quarteirão Proibido. Era uma fantástica loja de livros usados, mesmo que funcionasse como disfarce para um posto de proteção ao prédio central. Além de soldado veterano do CGC, Tchetchenko, o "proprietário", tinha verdadeiro amor pelas velharias editoriais. Ainda que Magritte preferisse filosofia e torcesse o nariz para os modismos que emburrecem a nação, naquele momento foi surpreendido pelo entusiasmo do colega.

— Veja a preciosidade que tenho aqui — disse Tchetchenko ao exibir uma revista até então escondida na gaveta. — *Serpentes da Madrugada!* É o número zero de *Jeremias*, um dos raríssimos exemplares que a Dark Comics mandou para as bancas há nove anos.
— Um gibi?
— Olha o preconceito! A história é tão boa e tão bem desenhada que deveria estar numa sala do Louvre.
Magritte passou os olhos na capa. Não conseguiu simpatizar com o anãozinho que usava chapéu, óculos escuros, barba, capa de chuva e espada presa às costas, até porque, num apelo típico da indústria cultural, estava de mãos dadas com duas mulheres peitudas e em trajes sumários, uma loira e outra morena. Embora a fisionomia do baixinho fosse inescrutável, era mais do que óbvio que as duas estavam delirando de amores por ele. No alto, estampado sobre um fundo azul marinho, o título da publicação flamejava num tom que aludia aos caracteres árabes. O subtítulo era uma pérola de apelo desmedido: "o maior e mais cruel dos assassinos em atividade!"
— Qualé, Tchetchenko, está sugerindo que eu perca o meu tempo com isso?
— É uma obra-prima. Tem muito moleque aí que daria um rim pela revista.
— Bem, não quero atrasar a fila dos transplantes.
— Que é isso, Magritte? Cadê o seu espírito de descoberta? Você não pode ficar sem saber o que é a leitura de *Jeremias*. Leva emprestado, vai. Depois você me diz o que achou.
— Não quer que eu compre?
— Mais tarde, talvez. Afinal de contas, não é com os livros que ganho a vida.
Magritte olhou sério para Tchetchenko.
"Compostura!", disse mentalmente ao "proprietário" do sebo.

Já passava da meia-noite quando, pronto para apagar a luz, Magritte lembrou que colocara *Serpentes da Madrugada* na cômoda ao lado da cama. Resolveu dar uma folheada rápida no gibi, ler alguns balões e encontrar o que dizer a Tchetchenko, apenas para não fazer uma desfeita. Acontece que — eis o imponderável da existência — não conseguiu largar a revista até a última página. Impressionado com a harmonia dos diálogos e das imagens em preto e branco, com a enigmática simbologia da trama e a ambiguidade moral do protagonista, voltou ao primeiro quadrinho e leu tudo de novo para se certificar de que não estava sofrendo uma alucinação. Era de fato uma história sofisticada, diferente de tudo que já vira em termos de narrativa, com um enredo violento e ao mesmo tempo emocional, terno e inusitado, surpreendente e verossímil.

— Onde encontro o número dois? — disse Magritte no dia seguinte.

— Não tenho na loja — Tchetchenko esfregava as mãos como um chefe do crime organizado —, mas posso conseguir um exemplar para você.

— Consiga, por favor. Compro todos os *Jeremias* que tiver. Vou montar a coleção completa. Leio tudo e depois acompanho a série mensal.

— *Voilà!* — comemorou Tchetchenko. — Como não amar o meu trabalho?

A partir de então, Magritte tornou-se uma espécie de fã incondicional da série, sem medo de divulgar seu gosto aos colegas da biblioteca. Reuniu e devorou os 110 números disponíveis até o momento e elaborou genealogias de personagens e mapas da cidade anônima em que as histórias se passavam. Depois escreveu uma dúzia de ensaios mais ou menos detalhados sobre as fases e as tendências por que *Jeremias* passara ao longo dos anos, enfatizando a ambivalência ética que norteava as decisões das figuras centrais da saga. Sua meta era provar que, sob uma roupagem de violência vulgar e erotizada, a revista trazia enredos que dialogavam com os maiores cânones da dialética hegeliana e da psicologia analítica.

O mais extenso dos ensaios tentava esclarecer uma enigmática passagem do número 87. Numa longa sequência de quadrinhos mudos, o leitor acompanha a trajetória de um automóvel que perde o controle e despenca de um viaduto. Durante a queda, descobre-se a existência de quatro passageiros — pai, mãe e dois filhos. A mãe é a única a escapar com vida porque teve a sorte de ser projetada para longe da explosão. Ela acorda e caminha a esmo pela estrada. Ao que tudo indica, não sabe que toda a família acabou de morrer. Então Jeremias aparece com sua espada e, sem hesitar, corta o pescoço da mulher. "Você está louco?", protesta Lilith, que assiste à cena de longe. "Por que cometeu essa monstruosidade?" Ao que o anão responde, filosófico: "Vim ao mundo para evitar a dor".

Magritte não ficou inteiramente satisfeito com sua análise, mas nunca deixou de pensar no episódio e nas inúmeras peculiaridades do já chamado *JUniverse* (Universo Jeremias).

Pouco demorou para que se empenhasse em descobrir todo o possível sobre Lilian W. Sirene, a desenhista e roteirista que criara o personagem. Constava que tinha 35 anos, trabalhava quase sem o auxílio de colaboradores (com exceção dos artefinalistas e coloristas das capas) e nunca, mas nunca mesmo, dava entrevistas, aparecia em público ou se deixava fotografar. Como a imaginação de Magritte decolava depressa, logo passou a visualizá-la como a mais bela e deslumbrante das mulheres. Mandou e-mails e escreveu dezenas de cartas que não obtiveram resposta, apesar das súplicas telefônicas à editora: "vocês realmente encaminham a correspondência dos autores"?

Assim que seu fracasso chegou à centésima carta, Magritte fez as malas e viajou para visitar a Dark Comics.

Foi sincero — e patético — ao entrar pela porta giratória da recepção. Disse que era o fã número um, que estava estudando o *Jeremias* a fundo e que precisava fazer contato com Lilian W. Sirene.

— Sinto muito — respondeu a secretária. — Não tenho autorização para fornecer dados sobre quaisquer dos nossos colaboradores, especialmente sobre a senhorita Sirene.

— Senhorita? Você a conhece?

— Quem me dera... — a secretária ficou pensativa. — Não sei por que me referi a ela como senhorita. Talvez porque seja autora de quadrinhos.

Restou a Magritte voltar, desanimado, e aguardar com ansiedade cada vez maior os próximos números da série. Em algum momento desejou que a febre passasse, mas isso não aconteceu. Inscreveu-se em fã-clubes e, por puro colecionismo, comprou *bottons* e camisetas que jamais usaria. Também começou a frequentar as convenções de quadrinhos. Desconfiava que a senhorita Sirene, fosse quem fosse, teria interesse em circular anonimamente entre os leitores que faziam de *Jeremias* uma marca milionária. Mas como identificá-la no meio de tanta gente jovem e esquisita?

Num desses eventos, Magritte foi cercado e aplaudido por uma multidão que o confundira com um *cosplayer* especializado em antigos seriados de TV. Constrangido, refugiou-se na feira de produtos licenciados e, passeando entre os estandes, finalmente deu de cara com o boneco que viraria a sua vida pelo avesso. Já havia comprado todas as miniaturas de todos os personagens da série, seu apartamento estava cheio de Liliths e Nefertitis, além de caríssimas estatuetas do Pregador, o vilão, e logicamente de inúmeras *action figures* de Jeremias, uma delas sem óculos e chapéu, que pela primeira vez revelou sua face e causou polêmicas encarniçadas entre os fãs.

Então... pra que comprar mais um boneco? Magritte jamais tentaria responder essa pergunta, jamais cogitaria se o tique consumista fora providenciado pelo acaso ou pelo destino. O fato é que adquiriu um Jeremias com dez centímetros de altura que não possuía absolutamente nada diferente de todos os outros disponíveis no mercado. Colocou-o na cômoda à direita da cama, espaço costumeiramente reservado aos novos objetos que levava para casa.

Lá pelas quatro da manhã, quando despertou de um sonho intranquilo, olhou para o lado e viu que o boneco não estava no lugar em que o deixara. O detalhe seria insignificante se, ao acender a luz do abajur, não houvesse deparado com a figura de Jeremias a um palmo do seu nariz. Aquela coisa estava... se mexendo?

— Mantenha a calma — disse Jeremias com as mãozinhas postas em súplica. — Não se assuste, por favor.

Sim, se mexendo.

E falando!

— Que porra é essa?!

Magritte saltou da cama num espasmo alucinado. No gesto abanou o cobertor e fez com que Jeremias voasse para longe. O boneco bateu na parede e caiu de cabeça. Levantou-se, ficou de pé como uma pessoa real e, de novo com as mãozinhas postas, caminhou em direção a Magritte.

— Calma — dizia. — Posso explicar tudo.

— Não precisa — Magritte recuava como se fugisse do próprio demônio. — Eu ainda estou dormindo. Sei que estou!

A confusão duraria uma hora inteira.

Aos 48 anos, Magritte já havia visto todo o tipo de bizarrice mundo afora, especialmente na época em que saía a campo, mas nunca presenciara nada parecido no seio do seu lar. Ou muito se enganava, ou acabara de trazer um brinquedo amaldiçoado para casa. Era isso que Jeremias estava tentando explicar com sua voz embaraçada.

— Não precisa ter medo — dizia. — Não sou quem pareço ser.

— Claro que não — retrucava Magritte, ainda em pânico.

— Se fosse, não estaria movendo as pernas e os braços, muito menos tentando me convencer de que não ingeri um caldeirão inteiro de cogumelos.

— Meu verdadeiro nome é Jerusa — insistia o boneco. — Jerusa McMillan. Sou modelo fotográfico. Quer dizer, era. Fui vítima de um feitiço que aprisionou a minha consciência neste corpinho de vinil.

— Ah, tá. É um conto de fadas, então?

— Talvez uma tragédia. As minhas colegas morriam de inveja de mim. Não digo que eu seja inocente, acho que também pequei por vaidade e arrogância. Despertei a ira de muita gente. Como não tiveram coragem de me matar, contrataram uma feiticeira para destruir a minha carreira.

— Que feiticeira?

— Não sei.

— Está tentando me enrolar?

— Nunca. Você é meu salvador, me trouxe para o seu apartamento. Peço que seja também meu protetor. Venha comigo. Vou mostrar como eu era antes do feitiço.

Desconfiado, Magritte seguiu os passinhos de Jeremias. Para andarem mais depressa, permitiu que o boneco se apoleirasse no seu ombro e o conduzisse pelas ruas da vizinhança. Avançaram apenas dois quarteirões até encontrarem o outdoor que exibia a peça principal de uma campanha que almejava popularizar uma nova marca de *lingerie*. E lá estava, abaixo de uma frase vulgarmente publicitária — REVELE O SEU VERDADEIRO EU — a gigantesca foto de uma loira de olhos azuis vestida apenas de rendas e sensualidade.

— Muita calma nessa hora! — exclamou Magritte.

— Está querendo dizer que você... é ela?

— Isso.
— Pode esquecer, camarada.
— Por quê?
— É bom demais pra ser verdade.
— Por que eu mentiria pra você?
— Pra não parar numa lata de lixo.
— Confie em mim, por favor. Preciso da sua ajuda para recuperar a minha antiga forma.
— Posso fazer uma pergunta?
— Claro.
— Se a sua consciência veio parar neste boneco do Jeremias, onde está o seu verdadeiro corpo?
— Não sei.
— Conveniente, não?
— Só peço que me ajude. Serei eternamente grata.

Magritte já conhecia a resposta que sairia da sua boca, mas isso não queria dizer que não estivesse confuso. Andava de um lado para outro e adivinhava que aquilo — aquele boneco — aquela loira? — tumultuaria a sua vida para sempre.

— Jerusa, você disse?
— Pode me chamar de Jê.
— Por curiosidade... os seios... ali no outdoor... aquilo é silicone?

Foi assim que o homem e o brinquedo passaram a morar juntos. Fazendo o possível para se expressar adequadamente em sua forma de Jeremias, Jerusa contou a Magritte a história da sua vida. Ele também relatou muitos dos episódios que o definiam e caracterizavam, mas no geral evitava se abrir a respeito do seu trabalho e da verdadeira dimensão da Biblioteca Subterrânea.

Saía de manhã e deixava Jerusa — ou Jê, cada vez mais íntima — na companhia das diversas Liliths, Nefertitis, Pregadores e Jeremias que povoavam o ambiente.

Uma noite, ao voltar, encontrou todas as bugigangas da franquia queimando numa fogueira no centro da sala.
— Tenho medo deles — disse Jê com os bracinhos cruzados. — Preciso ser dona de todas as suas atenções.
Considerando que os gibis foram poupados do expurgo, Magritte não se zangou com a atitude. Ao contrário, riu e sentiu-se grato por aquela estranha exigência de exclusividade.
No dia seguinte ordenou que Labdien investigasse as antigas colegas de trabalho de Jerusa. Não obstante a dedicação do auxiliar, não houve descobertas consistentes, ou seja, nenhuma das modelos possuía ligações comprováveis com magia ou feitiçaria. Quando Magritte deu carta branca para Labdien endurecer, duas delas foram vendadas e levadas para interrogatório num galpão abandonado. Nada vezes nada. Será que Jerusa estava mentindo? Ou será que o feitiço viera de outro lugar, orquestrado por pessoas próximas e insuspeitas?

Magritte tomou um susto ao constatar que não tinha ânimo para comentar as investigações com Jê, muito menos para colocá-la na parede e averiguar a veracidade das suas palavras. A essa altura, a presença de um Jeremias falante já era indispensável em sua vida. Mais um pouco e daria de frente com o medo do abandono e da solidão.

Certa tarde, em seu escritório na biblioteca, foi atacado por uma ideia que quase o derrubou da cadeira. "E se eu chegar em casa e encontrar tudo vazio? E se Jê for roubada? Pior: e se resolver ir embora, procurar outro protetor, alguém que realmente se empenhe em ajudá-la a encontrar sua forma original?" Naquela noite, muito constrangido, Magritte criou coragem e convidou o boneco para dormir ao seu lado na cama.

— Que bom! — as barbas e a boquinha de Jeremias se contraíram num sorriso de gratidão. — Estou passando frio durante a noite.

— Quer dizer que você tem sensações corpóreas?
— Sim, por quê?
Silêncio.
— Ouviu o que eu disse, magrinho?
— Ouvi.
— Não vai responder? Por que a pergunta?
— Curiosidade...
Logo Jeremias passou a acompanhar Magritte no trabalho. A princípio o boneco fingia que era apenas um item decorativo, ficava imóvel sobre uma mesinha do RH e só abria a boca quando tinha certeza de que os dois estavam sozinhos. Cedo se cansaram do fingimento. Aos poucos Jeremias começou a se movimentar e até falar na presença dos outros bibliotecários. Muitos se espantaram, apesar de já terem visto o diabo dentro e fora do Quarteirão Proibido, mas muitos também acreditavam que Magritte estivesse apenas se exibindo com um brinquedinho moderno, algum protótipo ligado aos avanços da robótica e da inteligência artificial.

Magritte apresentou Jeremias a poucos dos agentes externos, apenas a Tchetchenko e Labdien. Dentro da biblioteca, a história era outra. Mais cedo ou mais tarde, todos tomaram conhecimento do boneco. Steranko, Ulrich, a bela Oriana e o próprio Toni Sarajevo procuravam cumprimentar o "papagaio de pirata" com uma piada diferente a cada manhã. E quando presenciavam as declarações de amor que Jeremias e Magritte trocavam entre si, não podiam saber se o colega, famoso pela excentricidade, estava falando sério ou encenando alguma palhaçada que ninguém entendia.

Assim que Red Tie chamou Magritte ao nono para se explicar, foi surpreendido por uma exigência peremptória: o chefe devia permitir que o boneco acompanhasse todo o expediente do RH. Magritte conhecia o perigo do que estava fazendo — em vez de demitido, seria morto para não revelar o que sabia —, mesmo assim bateu o pé e se manteve firme em seus propósitos. Inesperadamente, Red Tie assinou a autorização, mas também enfatizou que dedicaria redobrada vigilância ao comportamento de Magritte.

— Eu não entendo — cochichava Jeremias. — Por que alguém construiria uma biblioteca embaixo da terra? Que livros são esses que vocês têm aqui? Pra que copiá-los a mão, como na Idade Média, se hoje contamos com toda a tecnologia digital? E por que guardá-los, se ninguém pode ler?

— É perigoso falar disso — Magritte respondia, apreensivo. — Há câmeras e microfones por todos os lados.

— Ah, magrinho! Não tenho o direito de saber?

— No momento certo, meu bem. No momento certo vou dizer o que fazemos aqui.

Magritte tinha certeza que, se quisesse prosseguir num relacionamento pautado pela confiança, seria obrigado a revelar o que exatamente era a Biblioteca Subterrânea do CGC. Isso fazia com que sentisse vertigens. E medo.

6

— Tô ferrado — disse Magritte.
— Estamos — corrigiu a voz no interior do chapéu.
— Nunca esqueça que agora sou parte de você.
— Se não descobrirmos o nome do traidor, Red Tie vai ter certeza que estou mancomunado com a garota que roubou o livro.
— E se descobrirmos?
— Dá no mesmo. Ele só me deixou investigar para me ver perdido como um rato de laboratório.
— Estão nos seguindo?
— Tenho certeza.
— Vê alguém suspeito?
— Não. Os agentes do CGC são mais astutos do que podemos imaginar. Talvez seja melhor assumir a culpa antes que seja tarde demais.
— Não diga asneiras.
— Perco a vida, mas salvo o pessoal da biblioteca.
— E também o traidor, que ficará vivo para planejar um novo golpe. Sabe o que eu acho, magrinho? Que você só fala essas merdas pra me ver sofrer.

Passava do meio-dia quando o ônibus parou no último ponto do circuito. Era uma região decadente com edifícios sem reboco e abundância de lixo nas ruas. Depois de saltar e caminhar sobre uma calçada que acompanhava uma vala fétida e borbulhante, Magritte virou à esquerda e se meteu num labirinto de construções abandonadas.

— Que lugar é esse? — disse Jeremias ao levantar o chapéu e dar uma espiada para fora. — Aonde é que a gente vai, hein?

— Atrás da pista que encontrei no vídeo.

— Pensei que estivesse blefando com o Red Tie.

— Não quando falei que sabia onde iniciar a busca.

— Aqui?

— Seja paciente, Jê, por favor.

Entraram num prédio velho com as paredes pichadas e as janelas reduzidas a cacos. O elevador estava enguiçado. Magritte usou as escadas para chegar ao quarto andar. Viu uma fila de homens fumando ao longo do corredor. Riam e conversavam em voz baixa, como se estivessem prestes a cometer um crime. O primeiro deles estava escorado no umbral de uma porta em que se via uma fita vermelha desbotada.

— Boa tarde — disse Magritte. — Ela está atendendo?

— Vai começar agora — respondeu o homem. — Posso saber quem é você?

— Seria perda de tempo.

— Nesse caso, por que não dá a volta e espera a sua vez?

Os outros homens aplaudiram a ideia. Com gestos ostensivos, apontaram o último lugar da fila.

— Eu esperaria de bom grado — explicou Magritte.

— O problema é que estou com muita pressa.

— Pressa? — O homem levantou o queixo. — Faz ideia do tempo que estou aqui esperando?

— Lamento, mas o caso é grave. Gravíssimo, para dizer o mínimo.

Ignorando as carrancas que se amontoaram ao seu redor, Magritte bateu na porta com o cabo do guarda-chuva.

— Acha que pode furar a fila desse jeito? — ameaçaram os homens. — Quer morrer?

Foi quando o chapéu voou pelos ares e a horrenda imagem de Jeremias apareceu com a espadinha em riste.

— Para trás! — rugiu o boneco. — Arranco os olhos do primeiro que encostar as patas no meu amor.

— O que é isso? — disse um dos homens.

— Bruxaria?! — perguntou um segundo.

— Não! — respondeu um terceiro. — É o demônio em pessoa.

— Bela conclusão! — O brinquedo soltou uma gargalhada enregelante. — Estão todos convocados a me seguir até o inferno!

Sapateando sobre a cabeça de Magritte, Jeremias parecia ser muito mais assustador do que era na realidade. Isso fez com que alguns dos homens dessem meia-volta e corressem vergonhosamente. Outros, engessados pelo medo, afastaram-se devagar, caminhando de costas, com as mãos espalmadas diante das faces convertidas em pânico.

— Poxa, Jê! — censurou Magrite enquanto se agachava para recuperar o chapéu. — Eu poderia ter resolvido sozinho.

— Eu sei, eu sei, eu sei... — o boneco fazia biquinho.

— É que não posso me omitir quando ameaçam o homem da minha vida.

Nessas horas, Jeremias — ou melhor, Jerusa — falava como a mulher apaixonada que era. O tom carinhoso ficava esdrúxulo na voz de machinho que saía do brinquedo, mas para Magritte aquilo soava com o conforto de um canto celeste.

De repente a porta se abriu numa violência que fez a fita vermelha se desprender e cair sobre um par de pés envoltos em meias e chinelos de dedo. Pertenciam a uma mulher com quase cinquenta anos que se maquiava como uma garotinha de dezesseis. Ela usava um roupão amarelo, manchado de café nos ombros e nas mangas, que deixava entrever o umbigo e um dos seios maltratados pelo tempo. Empoleirado no ombro de Magritte, Jeremias soltou um gemido de compaixão.

— Posso saber o que está acontecendo aqui? — ralhava a mulher. — Pra onde foram os meus clientes, hein?
— Diva? — sorriu Magritte. — É você?
— Pergunta mais besta. Quem mais trabalharia neste lado da cidade? Com quem tenho a honra de conversar?
— Então não se lembra? — Ele levantou o chapéu e se inclinou para cumprimentá-la — Eu vinha toda segunda-feira.

A mulher ficou em dúvida, medindo o visitante com os olhos.

— Ah! — exclamou. — O excêntrico! Agora lembrei. Pensei que estivesse morto.
— É o que vai acontecer amanhã de manhã, a menos que me ajude.
— Xi! — Ela fez uma careta. — Cheirinho de encrenca no ar!
— Importa-se que eu entre um minuto?
— Com essa coisa? — A mulher apontou o boneco. — Quer que eu transe com o bichinho? Nem pensar, viu?

Jeremias soltou um novo gemido, agora de repugnância.

Magritte foi obrigado a rir.
— Não se preocupe — disse. — Não viemos para isso.
— Por que espantaram os meus clientes?
— Posso cobrir o prejuízo.

Antes de voltar para dentro, Diva insuflou as bochechas e libertou um longo suspiro de resignação. Já que ela não se deu ao trabalho de fechar a porta, Magritte concluiu que não lhe negaria o tal minuto de conversa.

— Ui, magrinho! — disse Jeremias. — Que decepção!

— Sim, ela já não é o que foi um dia.

— O quê?!

— Antigamente a fila descia pelas escadas e dava a volta no quarteirão.

— Cretino! Estou falando de você. Jamais imaginei que pagasse por esse tipo de serviço.

— Serviço?

— Não se faça de bobo. Ela é uma prostituta de quinta categoria.

Mais um ataque de ciúme. A experiência havia demonstrado a Magritte que, quando isso acontecia, o melhor era ficar em silêncio. Limitou-se a entrar e girar a chave da porta. O apartamento era horrendo, bagunçado, sujo, sombrio. Havia um sofá no centro da sala, onde a mulher exercia o seu ofício, e duas portas laterais que davam num quarto e num banheirinho com pia, chuveiro e privada. Foi ali que Diva se trancou, sem explicações.

— E então, "excêntrico"? Nada a declarar?

— Ah, Jê, isso foi antes da gente se conhecer. Me poupe do seu ciúme, sim?

— Não é ciúme. É espanto. Como teve coragem de gastar o seu dinheiro com uma mulher tão feia? "Eu vinha toda segunda-feira". Oh, Deus, me ajude! O que foi que eu vi em você? Por que entreguei meu coração a um desmiolado?

— Não seja dramática.

— E esse nome... Diva? Que cafona! Ela deve pensar que é melhor do que as outras, desde criança. Com aqueles peitos caídos, credo! Aquele pescoço de peru. Que horror!

Ouviram os ruídos da caixa de descargas. Depois os sons da torneira e de uma toalha rispidamente puxada do

cabide. Diva saiu do banheiro e se posicionou nas proximidades do sofá.
— Impressão minha — zombou — ou os pombinhos estavam brigando?
— Não é da sua conta — respondeu Magritte. — Tire o roupão.
— Pensei que não quisessem transar.
— Por favor.
— Que tal pagar adiantado?
— Xaropada!
Com a ponta do guarda-chuva, Magritte tomou a iniciativa e afastou a lapela esquerda do roupão. Diva sorriu e fez uma mímica sensual. Não se importava em exibir os seios flácidos.
— De costas — pediu ele.
— Pervertido! — provocava a prostituta. — Nem sonhe que vou dar de graça, ainda mais com esse monstrinho me olhando.
Assim que ela se virou, Magritte viu a tatuagem. A figura possuía dezenas de variantes, algumas com serpentes, outras com lagartos ou dragões formando o círculo do réptil que devora a própria cauda, mas a imagem tatuada nas costas de Diva era exatamente igual à da garota que invadira a Biblioteca Subterrânea do CGC.
— Eu sabia — resmungou Magritte. — Onde conseguiu o ourobouros?
— Ouro... o quê? — disse Diva. — Do que está falando?
— É — emendou Jeremias, que não queria ser excluído da conversa. — Do que está falando?
— A tatuagem! — Ele voltou a tocar a mulher com a ponta do guarda-chuva. — Por que escolheu esse desenho?
— Ah, isso? — riu-se a prostituta. — Não fui eu que escolhi. É coisa das antigas, do tempo que eu atendia a Guilda das Iluminuras.

— Guilda das Iluminuras?
— É o nome de um clube muito doido.
— Mas por que as palavras medievais? Esqueça. Diga apenas onde fica.
— Por que eu faria isso?
— Porque preciso saber.
— Ninguém entra sem a tatuagem.
— Quero que me acompanhe.
— Faz anos que não tenho notícias daquela gente. Acho até que mudaram de endereço. Além do mais...
— Além do mais?
— Tem umas coisas pesadas no clube. Não sei se é lugar para alguém como você, mesmo que seja assim, todo esquisitão. Pra falar a verdade, nem sei se é lugar para mim. É cada coisa que rola lá embaixo...
— Vamos fazer o seguinte — Magritte sacou o maço de dinheiro e começou a brincar com as notas. — Posso cobrir o que você deixou de ganhar com a fuga dos seus clientes e ainda acrescentar uma soma sobre o prejuízo. Ou posso voltar e devolver minhas economias ao banco.
— Ok, ok, ok, vamos lá. Quem sou eu para decidir o tipo de ambiente que um homem da sua idade deve frequentar? Mas tem um porém.
— Qual?
— O clube só abre à meia-noite. Temos uma boa coleção de horas pela frente. Por que você e o bichinho de estimação não saem para...
— Bichinho de estimação é a sua...
— Por favor, Jê! Não, moça, nada feito. Vamos esperar aqui.

Como se planejado para preencher o silêncio que se seguiu, alguém bateu à porta do apartamento.
— Diva? — chamaram do corredor. — Posso entrar? Está atendendo?

— Novos clientes à espera! — riu-se ela. — Não vou virar as costas para o meu público, mesmo que você me pague em dobro. Querem ficar assistindo? Até dá, mas cobro caro dos *voyeurs*. Aqui ninguém goza sem pagar.

Após alguma discussão, ficou decidido que Magritte e Jeremias esperariam no quarto ao lado.

Enquanto isso, Diva se empenharia em satisfazer a fila de homens que voltou a crescer no corredor. Ela atuava com estardalhaço, talvez para irritar os hóspedes indesejados. Gemia além do necessário, gritava obscenidades, dava a entender que subia pelas paredes a cada vez que finalizava com um cliente.

— Xaropada! — Magritte revirou o cesto de revistas aos pés da cama. — Não tem nada que preste pra ler.

— Por que a irritação, magrinho?

— Se pelo menos houvesse uma banca por perto. Eu queria tanto ler o número 111 do *Jeremias*. Mas não adianta. A Dark Comics avisou que a edição vai atrasar uns três ou quatro dias.

— Acho que está com ciúmes da sua amiguinha.

— Porra, Jê, que neura! Quer me torrar o saco, é isso?

— Só quero saber por que vamos desperdiçar o nosso tempo.

— Se tem uma ideia melhor, estou aberto a sugestões.

— Você não disse que o Red Tie vai matar todo mundo se a gente não descobrir o traidor?

— O ourobouros é a nossa única pista. Estou crente que descobriremos alguma coisa nessa tal Guilda das Iluminuras, até porque não existe outro caminho a seguir. O jeito é esperar.

— E ficar a tarde inteira aqui, sem fazer nada, um olhando para a cara do outro?

— Podemos conversar.
— Sobre o quê?
— Sugira.
— Pois muito bem, magrinho. Acho que chegou a hora. Você vai me contar qual é a finalidade daquela biblioteca bizarra. O que são aqueles livros? Para que servem? Por que as pessoas são mortas em vez de demitidas? Que segredo é capaz de tornar tantas vidas descartáveis?
— Escuta, Jê, ainda não é o momento de...
— Ah, não? E se tudo acabar amanhã? E se o Red Tie realmente der ordem de eliminar os bibliotecários, incluindo você? Vamos lá, magrinho. Ou conta o que acontece na biblioteca, ou será obrigado a morrer com o segredo.

7

Magritte enrolava, enrolava, mas não tinha jeito. Primeiro se empenhou em convencer o boneco de que era perigoso saber o que se passava na Biblioteca Subterrânea. Com a resposta de Jeremias — "encaro qualquer perigo por você" —, passou para uma estratégia mais evasiva, tentando fugir do assunto com comentários indecorosos sobre as técnicas que Diva empregava no sexo oral. Eis o trunfo da velhota! Era por isso que, não obstante a feiura e a decadência física, ela continuava com clientes dispostos a pagar por uns míseros minutos de masoquismo existencial.

— Ah, não, magrinho, é melhor parar com a palhaçada. Ou conta o que quero saber, ou juro que vou me atirar pela janela.

— Quatro andares não são nada para uma *action figure* como você.

— Não é pra me matar. É pra ficar longe, e bem longe, dessa sua sensibilidade de troglodita.

"E agora?", pensou Magritte, deitando-se na cama como quem se deixa cair num divã. "Enfim chegou a hora da Jê conhecer a verdade?"

E se estivesse se precipitando? E se, depois de sua possível morte no dia seguinte, ela sofresse as consequências de conhecer um mistério que não deveria ser revelado a ninguém? Magritte esfregava os olhos e o rosto com as palmas das mãos. De súbito entendeu que, se deixasse de contar a verdade naquele instante, perderia a confiança da única alma que alguma vez o acompanhara nos descaminhos da vida.

— É difícil explicar — disse. — Não sei se você tem condições de entender.

— Obrigada por desprezar a minha inteligência. Por que não pensa em mim como um arrogante Jeremias de brinquedo e não como a loira siliconada que de fato sou? Talvez seja mais fácil para você. Pelo sim pelo não, prometo que vou me esforçar, ok? Estou com os ouvidos bem abertos, com toda a atenção focada na sua voz de homem tragicamente maduro e incompreendido.

— Quer me inibir com seu sarcasmo?

— Tudo bem, tudo bem! Não está mais aqui quem falou. Vou ficar quietinha, sim? Toda ouvidos na sua história.

— Pra ser honesto, nem sei por onde começar. Talvez eu deva abrir o jogo de uma vez. Bem, lá vai: o acervo da Biblioteca é formado por livros que jamais foram escritos.

— Livros que jamais foram escritos? O que quer dizer?

— Que os livros não existem.

— Como não existem? Está se referindo àqueles volumes que eu vi chegando e indo para a mesa de catalogação?

— Isso mesmo.

— Tá de bobeira, magrinho? Se os livros não existem, o que estão fazendo nas estantes?

— Viu como o assunto é complicado? Quem quer entender o que é a Biblioteca precisa primeiro entender como ela funciona.
— Vá em frente.
— Acho que seria útil iniciar com a minha própria experiência. Fui recrutado quando fiz 21. É a idade mínima exigida pelo CGC. Eu estava no sétimo semestre de Artes. Um homem de óculos escuros apareceu do nada e perguntou se eu gostaria de fazer testes para um emprego que pagava mais do que eu poderia desejar no princípio de qualquer carreira. Fiquei desconfiado, mas também curioso. Passei em todas as provas porque...
— Porque fala cinco línguas, tem excelente bagagem cultural e condicionamento físico de razoável para bom. Isso eu já sei, magrinho. Você me contou um milhão de vezes. Quero que fale sobre a Biblioteca, esqueceu?
— Devagar, meu bem. Só preciso deixar claro que fui descobrindo as coisas aos poucos. Por ter começado como agente de campo, passei anos sem ao menos suspeitar que a Biblioteca existia.
— Você nunca me disse o que fazem os agentes de campo.
— Viajam.
— Para onde?
— Cada qual possui uma área específica de atuação. Dependendo da necessidade ou do alarme, é possível ser convocado para missões em países distantes.
— Alarme?
— Várias vezes atravessei o oceano, não para fazer turismo, infelizmente, mas para localizar algum rabisco ou médium importante.
— Peraí, magrinho, agora é a minha vez de pedir calma. O que quer dizer com "rabisco"? É o material que vem para a Biblioteca?

— Em certos casos. São manuscritos, datiloscritos, desenhos, arquivos digitados em computadores, tudo que possa interessar aos nossos analistas. Às vezes os textos possuem menos importância do que esperávamos e acabam descartados.
— E onde entram os "médiuns"?
— É como chamamos os autores. Na verdade não são autores, embora escrevam os livros. Muito confuso?
— Não, acho que peguei. Você está querendo dizer que os livros da Biblioteca são... digamos... psicografados?
— É mais ou menos por aí.
— Mais ou menos?
— É que não gosto de usar essa palavra. Por outro lado, se eu quiser ser sincero, devo admitir que é a melhor que existe para descrever o fenômeno. O trabalho é complexo porque fragmentos de um mesmo texto podem ser... bem... "psicografados" por médiuns que vivem em lugares distintos e escrevem em línguas que nada têm a ver umas com as outras. Depois que o livro é inteiramente localizado, é feita uma avaliação quanto ao seu grau de periculosidade.
— Então significa que...
— Agora me deixe concluir, Jê. Quase todos os livros são inofensivos. Os poucos considerados perigosos são cuidadosamente enviados à Biblioteca, onde passam pela nova análise de um leitor especializado, que os enviará, ou não, ao setor de cópias manuscritas, feitas com papel e tinta especiais, depois à catalogação e por fim à armazenagem. Uma vez concluída essa etapa, os originais são destruídos, inclusive os arquivos eletrônicos que permitiriam a difusão do texto pela internet.
— É esse o trabalho de vocês?
— Em linhas gerais.
— Mas por que precisam trancar os livros a sete chaves? Por que escondê-los do mundo?

— É a razão de ser da Biblioteca. Os autores das obras, não os médiuns, mas os *verdadeiros* autores, não são aquilo que poderíamos chamar de espíritos comuns. São vozes que pertencem ao Universo, que ditam frases, orações e sentenças oriundas de outros tempos, tempos tão remotos que chegam a se confundir com o nosso conceito de eternidade. Os livros da Biblioteca não foram escritos, apenas pensados ou sonhados por mentes que poderiam virar o mundo de cabeça para baixo. De alguma forma ainda incompreensível para a Ciência e a própria Magia, as ideias dessas mentes chegaram aos cadernos de pessoas atormentadas por uma capacidade muito especial: captar sonhos e pensamentos do passado e registrá-los por escrito.

— Um momento, um momento. Essa história de livros que não foram escritos. Está querendo dizer que...

— Isso, os médiuns já psicografaram textos imaginados pelos maiores gênios da humanidade. Embora não tenha permissão para ler, sei que temos na Biblioteca o livro que Sócrates jamais escreveu, as oitenta novas questões que São Tomás de Aquino não teve tempo de acrescentar às 512 da *Suma Teológica*, os capítulos finais de um tratado que Giordano Bruno deixou de concluir em vida, a teoria da gravitação universal elaborada por um certo Abdul Farah séculos antes de Newton, o sexto volume d'*O Capital* de Marx e um romance inédito de Tolstoi, tão grandioso quanto *Guerra e Paz* e tão humanamente profundo quanto *Ana Karenina*.

Ao ouvir isso, Jeremias saiu do parapeito e passou para a cama de Magritte. Ainda que tivesse dificuldade de expressar sentimentos com seu rostinho de vinil, era nítido o tamanho do seu espanto.

— Então esses livros estão todos lá? — disse. — Mas vocês possuem apenas uma cópia?

— É o que consta no Guia de Procedimentos do CGC. O material é tão valioso que em hipótese alguma pode ser replicado. Por isso a biblioteca é equipada com alarmes e sistemas anti-incêndio, além da segurança que a mantém a salvo dos invasores.

— Segurança?

— Pois é. Parece que relaxamos nos últimos tempos.

— Se você e os outros funcionários não podem consultar o acervo, quem pode?

— Os *ties*.

— Tais?

— Não se faça de boba, Jê. Você sabe que eu disse *ties*, t-i-e-s. Os homens de gravata. Além do Red, sei que existem mais seis: Blue, Green, Yellow, Pink, White e Black. Todos velhos e enrugados. São os chefões.

— E onde estão?

— Ninguém sabe ao certo. Há lendas sobre a existência de um museu com as mesmas características da biblioteca. Devem ser boatos, não sei. Seja como for, eles é que decidem o que fazer com os "livros que jamais foram escritos". Dizem que o Projeto Manhattan só se tornou viável porque os *ties* negociaram uma coleção de tratados de Física com o governo americano.

— Projeto Manhattan?

— O pessoal que construiu a bomba atômica.

— Meu Deus!

— O poder da biblioteca não possui limites. Red Tie não estava blefando quando mencionou a Ordem Extrema. Pelo que consta, massacres de bibliotecários já ocorreram duas vezes ao longo dos séculos. Preferem que todos morram a correr o risco de conviver com um traidor. Os segredos que guardamos não devem cair em mãos erradas.

— Ou certas?

— Ou certas. Não sei se estou do lado dos mocinhos. Mas isso não interessa. Sei é que preciso impedir um massacre.

— Por que não avisa os seus colegas? Por que não recomenda uma fuga em massa?

— Não adianta. Nada impedirá que o CGC localize e elimine cada um dos foragidos. O único jeito é descobrir quem é o traidor.

— E quanto ao livro roubado?

— A Biblioteca possui um setor que se especializou em espalhar contra-informação pela internet. A essa altura, dezenas de cópias modificadas já devem estar circulando na rede. O objetivo é desacreditar o material, fazer com que as pessoas pensem que se trate de um livro falso. O procedimento é eficaz, mas nunca daria certo com O Livro que você viu no nono andar.

— O que é aquilo, magrinho? Quem é o autor? Qual o conteúdo?

— Só os *ties* sabem. São os únicos que podem ler O Livro, ainda que o CGC seja imenso, com milhares de membros espalhados pelo mundo: agentes armados, assassinos, monitores dos alojamentos de detenção...

— Que conversa é essa?

— Depois que descobrimos os textos, os médiuns são removidos para prisões em que continuam psicografando sob vigilância, ou então são simplesmente eliminados.

— Que horror, Magritte! Você colabora com isso?

— Sigo ordens.

— Foi o argumento dos nazistas.

— Por favor, Jê, entenda. Estou apenas contando a verdade.

Mas o boneco já havia voltado para a janela. Pela primeira vez em muito tempo, deixou de chamar Magritte de magrinho. Era um péssimo sinal. O bibliotecário tentou se aproximar de Jeremias, mas diante da manifestação de repulsa — "Fique longe de mim!" — voltou a despencar na cama, desanimado.

8

Ainda que Magritte detestasse gastar dinheiro com corridas de táxi, teve de ceder às exigências de Diva. Ou fazia as vontades dela, que mantinha o princípio de evitar toda e qualquer forma de transporte coletivo, ou teria de se virar sozinho para localizar a Guilda das Iluminuras. Pior: seria obrigado a entrar, ou tentar entrar, sem a companhia de alguém tatuado.

Saltaram no centro da cidade.

Jê permanecia em silêncio debaixo do chapéu, não apenas para evitar um susto desnecessário no taxista, mas também porque se calara desde que ouvira a verdade sobre o trabalho de Magritte. Ela ficou chocada, decepcionada e zangada, tudo ao mesmo tempo. Magritte sabia que isso poderia acontecer, daí o arrependimento por ter dado com a língua nos dentes.

— Sigam-me — disse Diva, saltando do táxi e caminhando em direção a uma área de lazer aparentemente mantida pela prefeitura. Ela escolhera o figurino próprio de quem vai a uma festa psicodélica: o vestido muito curto e os saltos muito altos. A maquiagem era berrante e melecada, e os cabelos ficaram presos para que a figura do ourobouros pudesse ser vista com facilidade.

— Ei! — disse Magritte. — Estamos indo para a Guilda das Iluminuras?

— Gosta de perguntas à-toa, né? — Diva desfilava como se estivesse dividindo a passarela com as maiores beldades do planeta. — Está com medo de encontrar o que procura?

"Melhor guardar a resposta para mim", pensou Magritte, especialmente porque ela acabara de se aproximar de dois mendigos que vigiavam a velha cerca do parque.

— Boa noite — disse o menos sujo. — A moça veio dar aos pobres?

— Em plena quarta-feira? — respondeu ela, exibindo o ourobouros. — É cristianismo demais para o meu gosto.

Os mendigos riram. Antes de liberarem a passagem, sinalizaram com os queixos para Magritte.

— Sem estresse — explicou Diva. — Eles estão comigo.

— Eles?

— Oh! — ela riu sem jeito, mas não se deu por achada. — É uma forma carinhosa de falar. O meu amigo é daqueles que valem por dois.

Novas risadas dos mendigos, que se desdobraram em gestos teatrais de boas-vindas. Magritte passou por eles e seguiu Diva até a borda de uma piscina pública.

— É aqui — disse ela. — Estamos diante de uma passagem que costumavam chamar "o sendero de Moisés". Já mostro por quê.

Assim que a mulher pisou o primeiro degrau da escada que a levaria para dentro da piscina, as águas reagiram e se afastaram do caminho, tudo graças a um mecanismo acionado por controle remoto ou automação. O piso da piscina também se moveu, revelando que a escada descia a uma profundidade maior que a prevista. Sem se molhar, mas sentindo as gotículas que escapavam das paredes aquáticas, Magritte seguiu Diva por um corredor que provavelmente findaria na entrada do clube.

"É tudo tão parecido com o Quarteirão Proibido", pensava ele. "Os guardas disfarçados, os prédios subterrâneos, os caríssimos recursos tecnológicos usados para ocultar um mundo que jamais seria compreendido por olhares cotidianos. Quem é essa gente? Por que roubaram um livro de Eliphas Levi? O que pretendem ao agir com os mesmos métodos do CGC?"

— Pronto — disse Diva, com a mão direita estendida. — Minha grana.

— Devagar — retrucou Magritte. — Pago depois que estivermos lá dentro.

A parte final do corredor, agora de cimento sintético, ia se alargando até dar numa porta protegida por outro segurança, este trajado a caráter, com terno, gravata, óculos escuros e plugue no ouvido. Diva agiu como antes. Pôs as mãos na cintura, mostrou os dentes que lhe restavam, girou os quadris e exibiu a tatuagem do ourobouros.

O segurança não esboçou a menor reação. Limitou-se a acionar um botão e retornar à postura de vigilante.

Menos de três segundos depois, quando uma garota incrivelmente bela saiu pela porta, uma série de palavrões escorreu por entre os dentes travados de Magritte. Era Lilith, teve certeza, a maldita que invadiu o Quarteirão Proibido, matou nove dos seus colegas e roubou um dos valiosíssimos livros do acervo.

— Oiê! — disse ela, sem cerimônia. — Você deve ser Magritte, estou certa? O senhor surrealismo? Um dos mais antigos e importantes bibliotecários do CGC? Olha, não quero encher muito a sua bola, mas foram os adjetivos que li no relatório. Alguma correção?

— Quem é você?

— *Come, boy*! Você me viu nos vídeos de segurança.

Caso contrário não teria identificado a tatuagem do ouroboros, sem a qual não chegaria a nós. Curioso é que veio através dessa... dessa... desculpe, querida, como é mesmo o seu nome?

— Diva.

— Oh, sim, Diva. Curioso é que contou com a ajuda da Diva aqui, quando poderia ter trilhado um caminho bem diferente. Mas o importante é que chegaram à Guilda, não é mesmo?

Lilith piscou para Magritte. O bibliotecário detestaria admitir que estava perturbado com a perfeição física da garota. Os cabelos sedosos, o rosto de princesa oriental, os seios estourando no decote do vestido... tudo fazia com que ele ficasse mesmerizado.

— Oh, Diva querida! — disse Lilith, de repente, dando um beijinho de despedida na mulher. — Acho que agora a sua presença é dispensável.

— Mas eu...

Não houve tempo de entender o que estava acontecendo. No mesmo segundo em que Lilith estalou os dedos, o segurança sacou uma Magnum e explodiu a cabeça de Diva.

— Porra! — gritou Magritte. — Pra que fazer isso, meu Deus do céu?

— Choramingando, já? — disse Lilith. — Tem certeza de que quer conhecer o clube?

— Eu não entendo... pra que... caralho!... pra que tirar a vida de uma inocente... eu não...

— Quer ou não quer?

— Quem são vocês?

— É cedo para explicações, meu doce. Afaste bem as pernas e coloque as mãos na parede, sim?

A própria Lilith se encarregou de apalpar os bolsos e os genitais de Magritte. Torceu o cabo do guarda-chuva e fez com que a lâmina de aço saltasse para fora. "Que espertinho!", riu a garota, passando o utensílio para o segurança. Depois, como se soubesse o que iria encontrar, levantou o chapéu e agarrou o corpinho de Jeremias, que imediatamente começou a grunhir e espernear.

— Me larga! Me larga! Me larga!
— Por favor — implorou Magritte. — Deixe o boneco comigo.
— Regras são regras — respondeu Lilith, atirando Jeremias por uma pequena abertura na parede.
— Jê?!
— Não se preocupe, ele vai ficar bem. Ou deveria dizer "ela"?
— Quer provar o quê? Que foi fundo na pesquisa a meu respeito?
— Mais ou menos.
— O que querem de mim?
— Por ora, que conheça a Guilda. Sob as nossas condições, ok? Caso contrário, pode fazer companhia à sua... como era mesmo o nome dela?... ah, sim... à sua amiguinha Diva. Tem cinco segundos para decidir.

Diante da Magnum que fumegava na mão do segurança, o bibliotecário aceitou seguir a garota. Antes de entrar, deu uma última olhada no cadáver de Diva. O tiro a atingira no meio dos olhos. Magritte teve de respirar fundo, várias vezes. Tentava controlar os engulhos que lhe golpeavam o estômago. Sentia-se como no nono andar da biblioteca, tonto, desnorteado, confuso. Passou pela porta e removeu a espessa cortina que o separava do interior do clube. Estava pronto para compreender o que veria lá dentro? Achou que sim, num primeiro instante. Mas só num primeiro instante.

9

O clube tinha a aparência de uma danceteria comum. Era pequeno, talvez menor que uma garagem de caminhão. Havia uma banda de três instrumentos — bateria, baixo acústico e trompete à surdina — que tocava canções oníricas em compasso cardíaco. Garçons serviam bebidas de todas as cores em torno do minúsculo palco em que uma anãzinha de topless fazia evoluções ousadas e arrancava aplausos dos presentes. Magritte demorou a se habituar à luz negra e sincopada. Seus olhos seguiam o andar elástico de Lilith, que caminhava com desenvoltura por entre os vultos que se contorciam na pequena pista de dança.

— Bebe alguma coisa? — disse ela, apoiando-se no balcão.

— Quero saber quem é você.

— Ai, *honey*, está se repetindo.

— Não me chame de *honey*.

— Já disse que...

— Não! Pode ir para o inferno com essa história de Lilith. Por que invadiu a nossa biblioteca? Por que se contentou com um volume do oitavo andar quando poderia ter descido até o nono e roubado O Livro?

— Que livro?

— Não se faça de sonsa. Você tem um contato entre nós, não tem? Alguém que entregou as senhas e orientou a sua ação. Quem é? Vamos, diga.

— Cada coisa a seu tempo, combinado? Agora é melhor se acalmar. Como prova de boa vontade, vou revelar o meu verdadeiro nome. Ira Katurama, muito prazer.

Ela sorriu e estendeu a mão. Magritte cruzou os braços. Jamais cumprimentaria alguém que sacrificara as vidas de nove dos seus colegas.

— Tá legal! — Lilith levantou as sobrancelhas. — Ninguém é obrigado a gostar de mim. Quanto ao detalhe de que posso ir para o inferno, acho que acabamos de chegar, queridinho, eu e você. A propósito, se olhar ao redor vai ver que o traje de Lilith está em perfeita sintonia com a ocasião.

Mais adaptado às luzes intermitentes, Magritte pôde perceber que se tratava de uma festa temática em homenagem ao Jeremias dos quadrinhos. A exemplo dos cenários da revista, a decoração era propositalmente demodê, sendo que todos os convidados estavam vestidos como coadjuvantes ou antagonistas da série. Uma segunda olhada no palco trouxe a Magritte uma nova compreensão de quem era a anãzinha: Arklyn (num *cosplay* que beirava à perfeição), a meia-irmã vingativa de Jeremias. Ao redor da estranha dançarina, havia um grupo de rapazes vestidos como os ninjas cinzentos de Carcossa, outro grupo de fanáticos que figurara em edições recentes da revista. Bêbados, estavam já sem os capuzes e as katanas, enfileiradas ao longo dos amplificadores de som.

— Merda! — disse Magritte.

— Merda? — riu-se Lilith. — Como sabe que me excito com a elegância do vocabulário masculino?

— Quem disse que quero excitar você? Está tudo girando na minha cabeça. Deve ser essa música...

— Não acredito que esteja reclamando do som d'Os Esquizofrênicos. É a banda residente.

Só agora Magritte via que os músicos usavam máscaras grotescas. O baterista mantinha o rosto escondido por um imenso olho de borracha. O baixista fazia o mesmo com os trajes e as feições de uma bruxa do gênero Disney. E o trompetista, apesar de deixar os lábios livres para tocar, também usava um capacete e um nariz fálico que impediam a sua identificação.

Graças à aparência da banda, a cabeça de Magritte passou a girar mais depressa. Por isso respirou fundo, concentrado, e apoiou os cotovelos no balcão.

— Cavalheiro? — disse o barman. — Sugiro que prove ao menos uma dose do nosso scotch.

Outra figura bizarra. Era um velho albino completamente vestido de branco, incluindo a gravatinha borboleta, cujas roupas — e também a pele translúcida? — brilhavam no interior da boate. Falava com exagerados trejeitos de serviçal, e quando sorria, ou seja, o tempo todo, exibia o canino dourado que se destacava entre os alvíssimos dentes da arcada superior.

— Obrigado — respondeu Magritte —, mas hoje não estou para a bebida.

Nervoso, o bibliotecário sacou o cachimbo e os fósforos. Em vez de perder tempo com a caixinha úmida, levantou a perna e tentou acender um dos palitos na sola do sapato. Falhou.

— É preciso técnica — disse o barman, divertido. — Só os mestres conseguem sintonizar o fósforo e a borracha.

Irritado, Magritte viu que restavam quatro palitos. Tentou riscar mais um, inutilmente. Acabou desistindo de fumar porque, ao olhar ao redor e avistar os quadros pendurados nas paredes, foi tomado por mais uma surpresa.

— Não é possível! — resmungou.

Eram pinturas que representavam diversos personagens do *JUniverse*, mas com uma pegada artística diferente, mais solta, fluida, libertária.

Magritte se aproximou para conferir a assinatura do autor. Ou melhor, autora: Lilian W. Sirene.

— São autênticos? — dirigiu-se a Lilith.
— Por que a curiosidade?
— Você seria capaz de responder as minhas perguntas com respostas e não com novas perguntas? Só quero saber se esses quadros são da senhorita Lilian.
— Senhorita? A Lilian?
— Ela está aqui? Pertence à Guilda?
—Oh, Magritte... — Lilith esticou o braço para acariciar a face do bibliotecário. — O excesso de perguntas vai acabar dinamitando a sua mente.
— Tira essa mão de mim!
— Calminha, neném. *Eles* querem que você fique tranquilo para a consulta.
— Cadê a Jê, hein? O que fizeram com ela? Exijo que tragam o meu boneco de volta. Agora!

Lilith riu, maliciosa. Pôs as mãos na cintura e encheu o peito de ar.

— Que tipo de tarado é você? — disse. — Acha que me convence com esse papinho meloso de "cadê a Jê"? Desde que me viu lá fora, não passou um único segundo sem secar os meus seios ou a minha bunda.
— Humpf! — desdenhou Magritte. — Plástico por plástico, prefiro a minha réplica do Jeremias.

Pega de surpresa, Ira Katurama esqueceu um instante o seu papel de Lilith. Abriu a boca, chocada, e sacudiu a cabeça para não perder a compostura.

— Babaca! — disse entredentes. — Siga-me, se quiser ver aquela porcaria daquele boneco de novo.

Virou-se e saiu num passo que contrastava com a placidez feminina de há pouco. Passou rente ao palco da anã e se meteu no estreito corredor que ficava atrás dos amplificadores. Assustado com a ameaça, Magritte agiu com obediência. Viu que ela se imiscuía por entre um par de cortinas negras a fim de descer uma escada que até então permanecera invisível nos fundos do clube.

— Espere! — chamou Magritte. — Aonde estamos indo?

— Está pronto para a resposta?

— Chega de enigmas. Por que não diz o que querem de mim?

— Vamos descobrir juntos. Só não arranquei a sua língua porque também não sei o que você está fazendo aqui.

10

Assim que Lilith fechou a porta do andar inferior, a música dos Esquizofrênicos e os demais ruídos da danceteria desapareceram dos ouvidos de Magritte. "Isso é o que eu chamo de isolamento acústico", pensou com admiração.

Ao contrário do que ocorria no andar de cima, tudo ali era visível e iluminado, talvez para destacar a luxuosa decoração neoclássica. Não havia quadros nas paredes, mas pequenos vitrais pelos quais se avistava a massa de água existente sobre e ao redor do local em que se encontravam. Era a prova de que o clube ficava no interior de uma piscina muito mais profunda do que dava a entender a sua aparência desleixada. Apesar disso, o prédio parecia estar livre de contratempos com umidade.

— *Ecce homo!* — disse Lilith de repente, não para Magritte, como ele pensou a princípio, mas para as figuras que estavam no outro lado da sala.

Eram três: um homem gordo que usava terno e gravata convencionais, óculos escuros e barrete turco vermelho; uma serpente negra e rotunda, com dez metros de comprimento e olhos que lhe davam feições assustadoramente humanas; e um homenzinho pouco maior que os bonecos de Jeremias — outra criatura de plástico ou vinil? —, preso no interior de um matraz alquímico ligado a uma retorta que alimentava o interior do vidro com vapores róseos. Sentado atrás de uma mesa coberta por uma toalha escura, o homem permitia que a serpente se enrolasse em suas pernas, subisse até a altura dos seus ombros, ciciasse em seus ouvidos e depois voltasse a se aquietar como um bicho de estimação. Mesmo que não gostasse de répteis, Magritte ficou mais intrigado com o homenzinho dentro do vidro. Agora podia perceber que a criatura não era composta por material sintético, mas por carne, ossos, pelos e sangue. Acaso seria um homúnculo, sonho dos antigos alquimistas, uma vida inteiramente gerada em laboratório? Estava nu, respirava e movimentava-se como um ser humano normal, embora fosse minúsculo e possuísse a pele de um velho com duzentos anos de idade. Talvez o matraz não servisse como prisão, mas como proteção contra o apetite da serpente.

— Não precisa ter medo — disse Lilith ao perceber que Magritte evitava se aproximar do réptil. — It deseja que você viva, pelo menos por enquanto.

— It?

— O do barrete vermelho. É ele que vai fazer a consulta.

— Que tal pararmos com o mistério? Onde prenderam o meu boneco? Está na hora de dizerem o que tudo isso significa.

A serpente se ensarilhou embaixo da mesa. O homúnculo pôs as mãozinhas na barriga e soltou uma risada aguda. O homem sorriu, sereno, e fez um gesto que pedia calma. Tinha um baralho de tarô nas mãos. Magritte conhecia a simbologia do jogo. Pelo pouco volume das cartas, concluiu que o maço só possuía os arcanos maiores.

— It não gosta de falar — explicou Lilith. — Ele se comunica por intermédio das cartas.

Magritte soprou o ar e revirou os olhos, impaciente. Quase ao mesmo tempo, a primeira carta foi deposta no pano preto. Era a de número um, o Mago, arcano poderoso que em si continha a totalidade dos elementos universais. Representado pelos desenhos canhestros do Tarô de Marselha, o personagem apontava o braço esquerdo para o alto e o direito para baixo. Os quatro naipes do baralho se faziam presentes pelo bastão entre os dedos da figura, além das facas, moedas e copos enfileirados em cima da mesinha com três pés. O oito deitado, a lemniscata, antigo símbolo da eternidade, estava subentendido nas abas do chapéu que cobria os cabelos cacheados do Mago. A carta não fora escolhida ao acaso. Já estava preparada nas mãos de It. Por isso, num primeiro momento, Magritte suspeitou que o homem do barrete vermelho tentava se autoafirmar através do arcano, mas era o contrário que acontecia.

— A carta vos espelha — disse o homúnculo com a cabecinha no gargalo do recipiente. — E vós espelhais a carta.

Se já era assustador que a pequena criatura pudesse falar, era ainda mais atemorizante a necessidade de ouvir a sua vozinha fina e solenizada.

— Começamos bem — acrescentou Lilith, agora dona de uma ansiedade que ultrapassava as inquietações de Magritte. — O Mago é senhor do seu próprio destino, e é por isso que gosta de flertar com o Infinito. Está ao mesmo tempo ligado ao céu e ao inferno, ao divino e ao mundano. Possui a centelha e a inventividade masculina do naipe de paus, a liquidez e a compreensão feminina do copas, o éter e a dualidade cortante do espadas, o pragmatismo terroso e racionalista do ouros, tudo ao alcance das mãos.

Era como se Magritte estivesse num sonho.

"São loucos?", pensou. "Como essa garota tem coragem de falar em inventividade e compreensão, ela que tirou as vidas dos meus companheiros? Está agindo como uma pessoa completamente diferente daquela que estalou os dedos para explodir a cabeça de Diva".

A serpente se insinuava para a esquerda, o que fez o homúnculo proteger a cabeça no interior do vidro. Talvez os gases róseos servissem para climatizar o matraz, não para nutrir o homenzinho. Indiferente aos movimentos das mascotes, It colocou a segunda carta sobre a mesa, logo abaixo do Mago. Era a Papisa, uma mulher pintada de vermelho, azul, amarelo e branco. Sentada num trono invisível, ampara um livro com as mãos.

— Eis a vossa tarefa — gritou o homúnculo. — A tarefa que deveis realizar.

— *Gosh!* — exclamou Lilith. — É a única carta do tarô que contém a imagem de um livro. Isso quer dizer que...

— Esqueçam! — rugiu Magritte. — Jamais trairei o CGC. Se me trouxeram aqui para isso, saibam que estou de saída. E tanto melhor se me derem um tiro na cara. Por que não pegam O Livro vocês mesmos? Aliás, senhorita Lilith, Ira, ou seja lá qual for o seu nome, parece ser uma boa hora para explicar por que se contentou em vasculhar as estantes do oitavo andar. Por que não desceu um pouco mais? Por que não invadiu o nono e botou as mãos no grande Livro de uma vez?

Lilith começou a rir. Foi imitada pelo homúnculo e pelo próprio homem do barrete vermelho. A serpente voltou a subir até o ombro de It, donde olhou jocosamente para Magritte, agitando a língua de tal maneira que pareciam óbvias as conotações de sarcasmo.

— Qual é a graça? — irritava-se Magritte. — Estão rindo do quê?

— Oh, senhor surrealismo! — Lilith comprimiu os lábios num muxoxo de falsa piedade. — Como você é ingênuo! O Livro não se encontra na Biblioteca do CGC.

— Como não? Vi com meus próprios olhos...
— Aí é que está, fofinho. *Aquele* é apenas um livro qualquer, uma falsificação, uma isca para os tolos. Não é O Livro que estamos procurando.

Magritte sentiu um calor repentino nas orelhas. Era como se uma pedra caísse e afundasse no lago pantanoso do seu estômago. Lembrou-se instantaneamente da conversa com Red Tie. "Não se esqueça", dissera o superior, ostentando o livro que retirara das grades eletrificadas. "Isto não é um livro". Fazia sentido. Ninguém, nem mesmo o mais louco dos *ties*, teria coragem de desativar o sistema de segurança se o livro fosse autêntico.

— Estão tentando me confundir? — disse Magritte.
— Se aquele livro da biblioteca é uma falsificação, onde está o verdadeiro?
— Enfim uma boa pergunta — respondeu o homúnculo. — É o que vamos descobrir com a vossa ajuda.
— Por que a minha?
— Você é o Mago — disse Lilith.
— Dispenso a bajulação. Conhecem o título do livro? Têm ideia do assunto que ele aborda?
— Isso ninguém sabe, nem mesmo o Red Tie.
— Red Tie... — balbuciou Magritte, pensativo. — Foi ele que entregou as senhas, não foi? É o traidor?

A garota limitou-se a esboçar uma careta de descaso. Impossível adivinhar se estava negando ou confirmando as suspeitas do bibliotecário.

— Não desperdiceis a sabedoria de It — gritou o homúnculo. — Ele pode ouvir vossas indagações.

O homem do barrete vermelho ainda sorria por trás dos óculos. E a face humanizada da serpente, passeando pelos ombros do amo, exibia olhos cada vez mais amarelos e inquisidores.

— Vamos, pergunte — insistiu Lilith. Como Magritte se recusasse a entrar no jogo, ela mesma tomou a iniciativa. — Posso auxiliar o Mago em sua missão? It sinalizou com um aceno positivo. Então abriu uma nova carta à esquerda do Mago. Era a Lua, o arcano número dezoito, representado por dois lobos uivando para o astro noturno. Na parte inferior da imagem, um caranguejo com garras afiadas emergia de uma piscina de águas turvas.

— *Yes!* — vibrou Lilith. — Obrigada por continuarem confiando no meu trabalho. Sabe o que isso significa, senhor excêntrico? Daqui pra frente estaremos juntos.

— Acha que não conheço o tarô? — resmungou Magritte. — A Lua é a carta mais perigosa do baralho. Indica os benefícios da iluminação feminina, mas também a perfídia, o desequilíbrio, a incerteza, a traição.

— Bateu o medo, querido? Só precisa ficar com os olhos em cima de mim.

It baixou mais duas cartas: a de número quatro, o Imperador, e a de número dezesseis, a Torre. Posicionou a primeira à direita do Mago e a segunda à direita da Papisa. Graças às suas leituras, Magritte estava mais do que familiarizado com a representação gráfica dos arcanos. O Imperador continha a imagem de um homem maduro que possuía um trono, um escudo, um cetro e uma coroa. A Torre simbolizava a destruição de um edifício (certamente por obra de um raio divino) e a desgraça de dois indivíduos que caíam de cabeça para baixo.

— Tendes a Lua como aliada — explicou o homúnculo, de novo com a cabeça no gargalo do matraz, apontando o arcano do Imperador —, mas ides enfrentar a fúria de um império inquebrantável.

Era evidente que estava se referindo ao CGC. Com ou sem a interferência de Red Tie, Magritte seria perseguido até o fim do universo conhecido. Se ousasse tocar O Livro, se se atrevesse a ler a primeira de suas mensagens herméticas, estaria condenado à desgraça, ao ostracismo, ao apagamento de tudo que porventura fizera de bom sobre a terra. A morte, nesse caso, seria apenas uma consequência reconfortante. Quanto à Torre, seu significado era mais do que óbvio. Depois da revelação da mensagem contida n'O Livro (era isso que os adeptos da Guilda queriam?), o mundo viria abaixo numa hecatombe de dúvida e ressentimento.

— Se é verdade que não sabemos o que queremos — tornou o homúnculo, agora apontando o arcano da Torre —, é ainda mais verdadeiro que sabemos o que não queremos. O Livro há de gerar um novo tempo para nós e para vós. Será o tempo de reconstruir, reformar, renascer. Será o tempo de ressignificar.

Ao ouvir a vozinha aguda, a serpente abandonou os ombros de It e avançou na direção do matraz. Por pouco não abocanha a cabeça do homúnculo, que voltou rápido para dentro do vidro. Com isso Magritte finalmente compreendeu que os vapores róseos não serviam para alimentar ou aquecer o que quer que fosse, mas tão-somente para manter os predadores a distância.

— E então, senhor surrealismo? — disse Lilith. — Vamos procurar O Livro?

Não era exatamente uma pergunta, mas uma afirmação definitiva. Magritte nada mais fez que balançar o indicador. Ao perceber o gesto de negação, o homem do barrete vermelho voltou a manusear as cartas do tarô. Num gesto raivoso, colocou o arcano seis, o Enamorado, à esquerda da Papisa. Estava exibindo a imagem do Cupido que, usando um arco sem corda, preparava-se para atirar a sua seta certeira. O alvo era um jovem que se encontrava entre duas mulheres, uma mais velha (talvez a mãe), e outra mais jovem (certamente a noiva). O conflito antevisto na figura tinha origem no anjo de amor que flutuava em frente a um sol radiante.

— A carta requer uma escolha — lembrou o homúnculo. — E tendes urgência de fazê-la.
— Acho que ele entendeu — riu-se Lilith. — Ou aceita ser nosso agente na busca d'O Livro, ou...
— Ou o quê? — explodiu Magritte. — Posso saber? Pelo menos isso eu posso saber?
Em vez de reagir à súbita explosão de fúria, Lilith estalou os dedos com a mesma ênfase de comando demonstrada às portas do clube. Uma luz se acendeu no lado de fora, dentro da piscina, de modo que Magritte pôde ver, através de um dos vitrais que davam para a água, a réplica de Jeremias presa nas mãos de uma mulher que parecia se divertir com a situação.
— Jê?! — gritou Magritte, e imediatamente correu para esmurrar o vidro inquebrável. — Ei, você, solte o boneco, por tudo que há de mais sagrado, solte, por favor, ele precisa de ar, precisa respirar como qualquer pessoa normal.
Com os olhinhos arregalados, Jeremias abria a boca e segurava o pescoço para indicar que estava a ponto de perder os sentidos. As falhas na pintura de suas barbinhas fizeram com que Magritte sentisse uma incontrolável vontade de chorar.
— Deixe a Jê respirar! — Ele gritava e batia no vitral.
— Por favor, deixe a Jê respirar!
No que Lilith voltou a estalar os dedos, a mulher fez um tchauzinho e nadou para cima. Antes que a luz aquática se apagasse, Magritte teve a impressão de ter visto uma... cauda de sereia? Não, impossível. Mas isso não importava agora.
— Muito bem — disse Lilith. — A aberraçãozinha que você chama de Jê terá todo o ar de que precisa para viver. Basta que faça a escolha certa.
Magritte abaixou a cabeça, desolado. Já esperava pelo golpe sujo. Se Lilith fora capaz de fazer o que fez para

invadir uma biblioteca, era lógico que recorreria à chantagem para mantê-lo sob controle.

— Ótimo! — disse ela, triunfante. — Acho que posso traduzir o seu silêncio como o princípio da nossa parceria.

— Só quero o boneco de volta. Por que não diz logo o que devo fazer?

— Temo que seja cedo para isso. Pra ser honesta, ainda não sei o que eu mesma devo fazer. Só sei que você precisa ir mais fundo em suas descobertas.

Lilith chegou bastante perto da serpente, então enrodilhada num canto da sala. Agachou-se, pôs dois dedos numa argola de metal e, com visível esforço, puxou a pesada tampa de um alçapão oculto entre as lajotas do piso. De onde estava, Magritte viu uma claustrofóbica escada de pedra.

— Já não posso acompanhá-lo — disse Lilith. — Agora é necessário que desça sozinho.

11

Magritte contou os doze degraus que foi forçado a descer. No andar inferior não havia decoração, nem móveis, nem ninguém para recebê-lo. Era apenas a boca de uma caverna iluminada por uma lamparina a óleo.
— Que lugar é esse? — Ele olhou para cima, mas o alçapão já estava fechado. — O que devo fazer aqui embaixo?
Depois de um minuto de ponderação, apanhou a lamparina e abaixou a cabeça para entrar na caverna. Era o único caminho a seguir. Ao contrário da escada, as paredes do corredor se alargavam diante dos passos de Magritte. Pouco demorou para que começasse a avistar figuras desenhadas nas pedras. Viu o Rei e a Rainha de Espadas, o Valete de Ouros, a Dama de Copas e um ícone que provavelmente representava o Ás de Paus.
"Estou tendo alucinações?", pensou. "Será que me drogaram quando entrei na Guilda? O barman era de fato muito estranho. Mas não bebi nada. Nem uma gota. Seja como for, existem mil maneiras de narcotizar uma pessoa. O cheiro dos gases róseos, talvez? Devem ter me injetado algo sem que eu pudesse perceber".

Prosseguiu, segurando a lamparina ao lado da cabeça. A luz era fraca e titubeante, mas suficiente para que não duvidasse dos próprios olhos. Novos desenhos surgiram pela frente. Conseguiu identificar o Louco, a Roda da Fortuna, o Enforcado, a Temperança, a Estrela, o Eremita. As imagens nada tinham a ver com as simplificações gráficas do Tarô de Marselha. Ainda que estivessem gravadas na pedra bruta, eram figuras mais artísticas e sutis, provavelmente baseadas no antigo baralho de Bembo. O estilo lembrava os quadros de Jeremias pendurados na danceteria.

— Lilian W. Sirene? — resmungou Magritte, de si para consigo. — Foi a "senhorita" que pintou os arquétipos?

Teve certeza que o baralho de Bembo servira de inspiração quando viu que a figura do Diabo, em vez de pintada, estava esculpida numa rocha à beira do caminho. Pela lógica, devia haver uma segunda escultura por perto, no caso a Torre, cuja imagem também se perdera na noite dos tempos. Mas onde estava a Torre?

"Talvez lá atrás", concluiu o bibliotecário. "Com a precariedade da luz, devo ter passado pela pedra sem notar que se tratava de uma escultura".

Quando desembocou numa câmara pouco maior que o corredor pelo qual caminhava, finalmente teve um sinal de vida pela frente. Sob dois archotes que flamejavam em suportes de metal, avistou um ancião atrás de um altar coberto por uma toalha branca. Embora fosse careca, o ancião possuía barba e bigodes grisalhos. Com exceção das mangas marrons, feitas de um tecido que lembrava as cotas de malha dos cavaleiros medievais, o corpo da túnica era vermelho e azul, bordado com motivos sobrepostos que evocavam silhuetas de pássaros e peixes.

Quanto ao altar, parece que servia para amparar um manuscrito aberto. Magritte se aproximou o suficiente para ler o nome de Eliphas Levi no rodapé de uma página. Foi

por isso que roubaram *aquele* livro, e não outro? Queriam usá-lo num ritual de magia?
— Olá? — disse Magritte, ressabiado. — O senhor poderia explicar o que estou fazendo aqui?
O ancião continuou com a cabeça baixa, em silêncio, como se não houvesse percebido a presença do visitante.
— Com licença? — insistia Magritte. — Mandaram que eu descesse aqui. Era pra falar com o senhor?
— Então chegaste! — exclamou o ancião, de surpresa, com uma voz trovejante e incisiva. Sem a menor explicação, virou uma página do manuscrito e recitou: — Ó poderoso Abaddon, tu que habitas as profundezas do abismo e dele possuis as chaves da verdade, tu que te transfiguras em formas múltiplas de glória e redenção, que te expandes numa envergadura de luz e onipotência, brilho e altitude, que tens a grandeza de ascender ao mundo dos homens para a hora final da colheita, dá-nos por um mísero interregno que seja a tua fortaleza, a tua liderança, o teu farol que há de guiar os homens de espírito forte à fonte original do vero conhecimento e da grata sapiência, estendendo-se o seu domínio do dia de hoje ao crepúsculo dos tempos, do agora trevoso ao ocaso luminar de todas as eras, de todos os séculos, de toda a eternidade.
O que ele estava dizendo? Magritte sabia que Abaddon era o nome de um demônio, mas nada daquilo fazia sentido. O ancião respirou fundo, três vezes, fechou fortemente os olhos, dispensando a leitura do manuscrito, e prosseguiu num ritmo recitativo:
— Invoco-te também com o codinome de Apollyon, o que tudo sabe, tudo vê, tudo domina e tudo encontra. Tu, que és capaz de dirigir o olhar dos corajosos, dá-nos um pouco de tua graça e iluminação. Levanta-te dos infernos do esquecimento e vem servir de estandarte às hostes que se rebelam e clamam por sabedoria, poder, claridade, força, resistência e dominação.

Magritte ficava cada vez mais assustado, especialmente porque, na sequência, o ancião voltou a recorrer ao manuscrito para prosseguir numa leitura desordenada e sussurrante. Uma esfera negra — seria um truque, uma visão? — começou a se formar sobre o livro. Ela cresceu até atingir um estado cintilante — refletindo as chamas nervosas dos archotes. Depois flutuou ao redor do altar e atingiu uma estabilidade que beirava à concretude.

— Vês? — perguntou o ancião.

— Vejo — respondeu Magritte. Sentia enjoos, não sabia exatamente o que pensar a respeito do que estava acontecendo na caverna.

— És o único que possui o dom de enxergar a bolha. Basta segui-la para chegar ao Livro. Tu, e só tu, ó amigo da verdade, saberás distinguir o legítimo do falso e assim colocar O Livro ao alcance dos justos.

— Não entendo.

— Entenderás. Leva meus presentes na tua jornada.

O ancião depositou três objetos sobre o altar. O primeiro era um apito cilíndrico com cerca de dez centímetros de comprimento. Ainda que evocasse as bizarras formas de um artefato alienígena, era talhado em madeira seca e levemente aromatizada. O segundo, uma lupa manual como a dos detetives, parecia possuir a lente mais fajuta e desnecessária de todos os utensílios investigativos. E o terceiro, um pequenino saco de couro, apresentava-se com o mistério do seu conteúdo. Quando Magritte o abriu, encontrou apenas uma porção de areia negra e mal cheirosa que grudava nas pontas dos seus dedos.

— Para que servem essas coisas?

— Espanta o que te ameaça, encontra o que está perdido, localiza a garra traiçoeira.

— Desculpe, meu senhor, mas isso não faz o menor sentido para mim.

— A escolha foi plantada no teu peito.

O ancião fez uma reverência e retirou-se para o fundo da caverna.

"Humpf!", pensou Magritte. "Já vi esse filme".

Por via das dúvidas, guardou os objetos no bolso. Era tempo de voltar à superfície. Recuou com a lamparina na mão, mas de costas, desconfiado, sem tirar os olhos do altar. Foi seguido pela bolha, que flutuava com vida própria.

12

Depois que Magritte recuperou o guarda-chuva e voltou à superfície — usando o mesmo "sendero de Moisés" indicado por Diva —, exigiu que Lilith o ouvisse antes de entrarem em ação. Em primeiro lugar, tentou deixar claro que, se de fato encontrassem O Livro, não voltaria a descer até a danceteria — tampouco à saleta neoclássica ou à caverna obscura — para reaver o boneco. A troca deveria ser efetuada em algum ponto distante do parque que servia de fachada para a Guilda das Iluminuras. Em segundo lugar, pediu que a garota parasse de chamá-lo de "senhor surrealismo", um epíteto bobo, óbvio e irritante. Por fim, como leitor e estudioso do *JUniverse*, sugeriu que Ira deixasse de usar o nome de Lilith, pois eram heréticas as atrocidades que ela cometeu e certamente continuaria cometendo com o visual de uma das personagens mais emblemáticas dos quadrinhos.

— *No problem!* — respondeu ela, que a essa altura já havia trocado de roupa. Quando soube que deveriam perseguir a misteriosa bolha negra, algo que apenas o bibliotecário podia enxergar, apressou-se em vestir um *colant* de couro negro mais propício às manobras com a motocicleta.

— Obrigado por me ouvir — disse Magritte. — Agora vamos.
— Não está esquecendo nada?
— Acho que não.
— É a vez da minha listinha de exigências.
— Esqueça.
— Que tal trabalharmos em igualdade de direitos?
— Esqueça, não ouviu?
— Então quer dizer que o relatório estava certo ao destacar os seus tiques autoritários?
— Ah, tá bom. Vocês capturam a minha réplica do Jeremias e eu é que sou autoritário.
— Taí, bem lembrado. Tenha em mente que esse detalhe possui uma perigosa implicação: ou estabelecemos um diálogo aberto e democrático, ou você nunca mais vai ver aquele boneco estúpido e vulgar.
— Vulgar é você, sua cretina!
— Ui! — riu-se ela, numa mímica sensual. — Pena que não temos tempo para mais elogios. Quero saber o que aconteceu lá embaixo.
— Lá embaixo onde?
— Na caverna.
— Não posso contar.
— Pode, sim.
— Mas não vou.
— Preciso de mais informações sobre a Guilda.
— Ué?! Pensei que soubesse onde meteu o nariz.
— Sou uma estranha para eles. Tanto quanto você. Me contrataram para pegar o livro do Eliphas Levi, nada mais. Fiz a tatuagem do ourobouros porque me instruíram a plantar uma pista durante a operação.
— Se isso é verdade, por que continua aqui?
— Disseram que precisariam de novos serviços. Receber você no clube, por exemplo. E agora acompanhar o Mago em sua missão.

— Mago! Acha que sou burro? Se você não pertence à Guilda, então não pode entender o que O Livro significa.
— Descobri o suficiente para saber que ele pode destruir o mundo.
— E acreditou nessa bobagem?
— Se você soubesse quanto me pagaram para fazer a sua escolta, concordaria que não posso duvidar das lorotas desses caras.
— Quem são eles?
— Você não sabe?
— Não perguntaria se soubesse.
— Também não sei.
— Vai se foder.
— Sério. Faz poucos dias que conheci essa gente.
— E você, quem é?
— Ah, meu bem, levaria o resto da noite para explicar.
— Tente resumir.
— Por enquanto só precisa saber que o meu nome é Ira.
— Ira? Ira... cema, quem sabe? De repente me dei conta de que estou vendo cabelos mais negros que a asa da graúna...
— Vai se foder você!
—... e mais longos que seu talhe de palmeira.
— Preste atenção no meu rosto! — Agora ela dava de dedo, descontrolada. — Tenho traços orientais, está vendo? Não sou índia. Sou japonesa.
— Calminha lá.
— Odeio, ouviu? Odeio quando me comparam com aquela bugra!

Embarcaram na moto e saíram atrás da bolha. Não usavam capacetes. Magritte envolveu a cintura de Ira com o braço esquerdo, segurando ao mesmo tempo o guarda-chuva e o corpo voluptuoso. A mão direita estava ocupada em impedir que o chapéu voasse com o vento. Enquanto se esforçava para guiá-la no caminho, a garota acelerava com o claro objetivo de intimidá-lo. Quanto mais ele pedia calma, mais ela aumentava a velocidade e a imprudência no guidão.

— Vire à direita! — gritou Magritte no último segundo, mas se arrependeu por ter feito isso em cima da curva.

A moto quase não diminuiu ao dar a guinada. Por pouco não caíram, e por menos ainda não se espatifaram contra um automóvel que rodava na solidão da noite. Freadas, buzinas, palavrões. E um diabólico fedor de borracha queimada.

— Está maluca? — gritava Magritte. — Por que não vai mais devagar?

— Que que há, velhinho? — zombava ela, acelerando sem medo. — Não curte um friozinho na barriga?

— Mas assim vamos morrer.

— Relaxa, pô. A mamãe tá no controle.

Embora soubesse que não podia perder a bolha de vista, Magritte não conseguia compreender a lógica daquela coisa. Às vezes ela seguia em linha reta e praticamente sinalizava antes de dobrar uma esquina, mas às vezes pulava de uma quadra a outra, comia curvas, andava em círculos. Pelo sim pelo não, a moto podia seguir mais devagar. Quanto mais corriam atrás da esfera, mais ela se adiantava em seu rumo aleatório.

"Que se dane!", pensou Magritte, depois de um novo susto. "Não vou bancar o cagão pra essa menina. Se é isso que ela espera ver, então precisa de uma estratégia melhor!"

Afinal de contas, pra que temer o fim? Tudo parecia perdido para o bibliotecário. Se Red Tie era o traidor, todo o propósito de sua missão acabara de escorrer pelo ralo. De nada adiantava recuperar o manuscrito de Eliphas Levi, já usado para gerar a esfera negra que o conduziria ao Livro, o verdadeiro peixe grande da história. Mas esse era o menor dos problemas. Como provar que o seu superior hierárquico tinha parte no ataque à biblioteca? Quem acreditaria na palavra de um mero encarregado de RH? Depois do que viu e ouviu na mesa do tarô, Magritte precisou de poucos minutos para concluir que o plano de Red Tie era perfeito. Após se aliar à Guilda das Iluminuras e facilitar o ataque ao Quarteirão Proibido, o chefão teria a justificativa necessária para usar um procedimento interno do CGC e assim eliminar os funcionários da biblioteca. Apesar do protocolo de segurança e do policiamento da área com soldados de elite, o período de transição seria naturalmente delicado. Muita coisa poderia acontecer entre a remoção dos cadáveres e a chegada do novo pessoal. Se os membros da Guilda — quantos são? — resolvessem fazer uma invasão em massa, teriam condições de se apoderar de todo o acervo da biblioteca. "Todo o acervo!", resmungava Magritte, "e não apenas O Livro". Como evitar a tragédia? Como reverter a derrocada final de uma organização que contava com mais de 500 anos de idade? Precisaria retornar à biblioteca antes das 10h e fazer alguma coisa — o quê? — para impedir que Red Tie ordenasse o massacre. Por ora restava prosseguir em sua sina pessoal. Devia localizar O Livro e proceder ao resgate de Jeremias. Jamais se perdoaria se o boneco fosse derretido e a alma de Jerusa ficasse vagando a esmo pelo cosmos.

 — Que é isso, Magritte? — disse Ira. — Tentando me bolinar?

 — Não enche.

 — Ah, não? Então por que está roçando a manga do seu casaco nos meus seios?

 Ao desfazer o abraço que lhe dava estabilidade sobre a moto, ele perdeu o equilíbrio e quase foi atirado ao chão.

Sorte que estavam reduzindo a velocidade. Sem mais nem menos, a esfera parou diante de um muro pichado com os símbolos e os slogans dos anarquistas.

"Essa garota só pode ser bipolar", concluiu Magritte. "Num minuto xinga e briga comigo, no outro faz piadinhas e paga de sedutora". Era mais uma razão para se afastar. Ele sentia ódio de si mesmo por ter instintivamente desejado o corpo de uma mulher que ridicularizara o seu amor por Jê.

— Para onde vamos agora? — disse ela.
— Para lugar nenhum.
— É aqui?
— Não sei.
— Como não sabe?
— A bolha sumiu.
— Mas estamos num beco sem saída.
— Não me diga que também percebeu.

Resolveram pular o muro.

Ira venceu o obstáculo com graciosidade. Magritte se atrapalhou no salto e precisou da ajuda dela para não voltar ao solo. Descobriram um imenso pátio no outro lado. Aos fundos havia uma casa de tijolos a vista com um gigantesco letreiro em que se lia: Biblioteca Pública Municipal José Martiniano de Alencar.

— Nem se atreva! — adiantou-se a garota. — Isso não teve a menor graça.

Andaram uns poucos metros e, diante da casa, avistaram uma mulher de uniforme sentada numa cadeira de plástico. Era a vigia. Ela se levantou, deu dois passos à frente, parou, pôs as mãos na cintura e observou os visitantes por um tempo.

— Quem são vocês? — disse por fim.

Nenhum dos dois abriu a boca.

Magritte teve condições de notar como a mulher era esbelta — certamente mais bonita que a própria Ira — e como insistia em olhá-lo com profundidade. Pelo menos num primeiro minuto, não saberia dizer se o olhar denotava simpatia ou rejeição.

— Ok! — tornou a mulher. — Não precisam dizer nada. Já entendi o que querem aqui. Parece que finalmente chegamos ao grande momento. Minha avó trabalhou como vigia da biblioteca, depois minha mãe e agora eu. Faz quarenta e oito anos, um mês, dezeseis dias e algumas horas que estamos esperando por vocês. Ou melhor, você!

E apontou para Magritte.

— Ei! — disse Ira. — Que papo é esse?

— Não se meta, querida. O negócio é com ele.

— Como é que é?! Sabe o que aconteceu com a última baranga que me chamou de "querida"?

— Fique quietinha, sim? Até que eu gostaria de esclarecer alguns detalhes da história, mas isso não tem nada a ver com o meu trabalho. Fui treinada para proteger O Livro. Ponto final.

A mulher fez uma pausa, empunhou a tonfa e deu mais dois passos à frente:

— É isso mesmo que ouviram. Ninguém entra na biblioteca sem primeiro passar por mim.

13

Quando a vigia mencionou a idade de Magritte com a precisão de anos, meses, dias, horas e praticamente minutos, ele foi obrigado a tecer certas considerações sobre toda aquela história de ser o "mago" destinado a colocar O Livro ao alcance dos justos. Até então não havia dado o devido crédito a todos os elementos estranhos que encontrara pelo caminho.

Estavam esperando por ele desde o dia em que nasceu, era isso? Mas por quê? Magritte nunca se considerou especial em nada, a não ser em seu amor por Jerusa, e isso apenas nos últimos tempos. Como acreditar que O Livro fora removido para a biblioteca de tijolos a vista por ocasião do seu nascimento, ainda mais se acrescentasse que três gerações de guardiãs estavam a postos para impedir o bibliotecário de cumprir o seu destino?

Pelo menos uma coisa ele vislumbrou a contento: a esperteza dos que estavam por trás da vigia. Se precisavam proteger O Livro, não poderiam ter escolhido esconderijo melhor. Para que trancá-lo num cofre inviolável, localizado em alguma fortaleza dos confins, se era mais fácil — e muitíssimo mais seguro — escondê-lo num frágil e imper-

ceptível prédio público, às vistas de todo mundo, onde ninguém se lembraria de procurar?
— Vaca imunda! — rosnou Ira ao ouvir que deveria ficar "quietinha". — Onde aprendeu a ser tão folgada, hein?
— Espere — interveio Magritte. — É melhor não provocar a moça.
— Bravo! — aplaudiu a vigia. — Minha avó e minha mãe sempre disseram que estavam à espera de um sábio. Sinal de que você deve ser mesmo você.
— É lógico que eu sou eu. Quem mais poderia ser?
— Responda as minhas perguntas, sim? Preciso saber se estou diante do Mago ou de algum embusteiro.
— Que tal pularmos essa etapa? — cortou Ira. — Vamos ver se ela tem os punhos à altura da língua.

Mais uma vez, Magritte pediu que a garota se acalmasse. Depois abriu os braços e colocou-se numa postura de colaboração. Era um teste o que vinha pela frente? Estava curioso.

— Muito bem! — tornou a vigia. — Acabam de optar pelo caminho... digamos... menos problemático. Estão vendo este botão vermelho? — Ela exibiu o pequenino controle remoto que trazia preso à palma da mão esquerda. — Basta pressioná-lo para que a biblioteca vá pelos ares. É claro que não pretendo fazer isso, mas só se você for o Mago, entendeu? Se for um impostor... bum! O Livro vira cinzas. Reaparecerá em outro país ou continente, talvez na próxima década, talvez no próximo século. É possível que surja em fragmentos escritos nas línguas mais enigmáticas. Vai dar trabalho reunir todos os capítulos e armazená-los com a segurança necessária, mas não tenho o direito de vacilar. É preferível que O Livro passe um período no limbo do que o resto dos tempos em mãos erradas.

— Xaropada...

Será que ela estava blefando?, pensou Magritte. Difícil saber. Seja como for, as circunstâncias não deixavam

espaço para adivinhações. Sem O Livro não haveria moeda de troca, e sem moeda não haveria o resgate de Jê.
— Pronto? — disse a vigia.
— Pra quê? — respondeu Magritte.
— O que veio fazer aqui?
— É pra ser honesto?
— É pra ser exato.
— Vim pegar O Livro.
A vigia revirou os olhos, impaciente:
— O aqui que eu digo não é a biblioteca. É o mundo.
— Não estou entendendo.
— Não é pra entender. É pra responder.
— Vim viver.
— Só viver?
— Existe outra opção?
— Qual seria a sua resposta?
— Só se eu desistisse da vida, mas aí já não estaria no mundo. Quer dizer, aqui.
— Por que falar do "onde" e evitar o "como"?
— "Como" viver?
— Deixe as perguntas comigo.
— Posso viver como perdedor ou vencedor, agente ou paciente, rico ou miserável, engajado ou alienado.
— Só isso?
— Posso viver no amor ou no ódio, na sabedoria ou na burrice, na penitência ou na luxúria, na bravura ou no temor. Os pares se desdobram ao infinito, assim como a certeza de que posso me amparar no "mais ou menos", mas nada disso tem importância no balanço final de uma existência.
— Veio então para ficar na indiferença?
— Impossível.
— Para praticar o bem?
— Não.
— O mal?

— Nunca.
— Então?
Magritte abaixou a cabeça. Sua mente foi transportada para as páginas da revista *Jeremias* e para o ensaio que escrevera sobre uma curiosa frase do personagem. Era isso que a guardiã desejava ouvir? Respirou fundo. Não conhecia nada melhor para dizer no momento. Levantou o rosto e apertou os olhos ao responder:
— Vim ao mundo para evitar a dor.
A vigia ficou paralisada, não mais do que dois segundos, mas a impressão era de que o tempo esteve suspenso por quatro longas horas. Ela piscou — também duas vezes — e lentamente se deixou tomar por um sorriso que se abria de orelha a orelha. Num gesto ostensivo, tocou o indicador da mão direita no controle remoto.
"Vai explodir a biblioteca?", pensou Magritte.
— Não — disse a guardiã, e no mesmo ensejo exibiu o botão do aparelho, então convertido para o azul. — Não há motivo para alarme. Ou o meu treinamento deixou a desejar, ou você é realmente o Mago. Foi a primeira vez que apliquei o questionário, mas o resultado é indubitável.
Ira e Magritte trocaram olhares de alívio.
— E agora? — perguntou ele.
— Já disse que não tenho autorização para incinerar O Livro. Por outro lado, tenho a *obrigação* de fazer isso.
E apertou o botão azul. Algo incompreensível ocorreu no interior da biblioteca. Junto a um ruído seco e abafado como o espirro de um gigante, as estantes saltaram de seus lugares e colidiram umas contra as outras, misturando os volumes e transformando o local num caos de livros jogados por todos os lados. Fragmentos de cerâmica e madeira voaram do telhado e caíram aos pés de Magritte.
— O que foi isso? — disse ele.
— Um pequeno dispositivo de ar comprimido que

instalamos para embaralhar os livros. Agora não será fácil encontrar o que procura lá dentro, mesmo que consiga passar por mim.

— Quer dizer que vai me impedir à força?

Rindo-se da pergunta de Magritte, a vigia pôs algo na boca — um apito? — e soprou três vezes. Ao longe, ouviu-se o latido de um cão.

— Preciso segurar o Mago à unha — explicou ela. — Não posso abater você a tiros.

— Quanto a mim, queridinha, saiba que não tenho o menor impedimento de abrir uma cratera na sua cabeça.

Era a voz de Ira, que sacou uma Walther CP99 e pôs a guardiã na alça de mira.

— Eu não sabia que estava armada — disse Magritte.

— Sinal de que nunca vai me conhecer de verdade.

A vigia, entretanto, não demonstrava o menor abalo. Mesmo com uma pistola apontada para o rosto, parecia possuir total controle da situação.

— Tem certeza que quer gastar munição comigo? — disse. — Se eu fosse você, queridinha, estaria mais preocupada com eles.

— Eles?

Os latidos se tornaram mais nítidos, mais próximos e mais numerosos. Um cachorro pulou o muro e pôs-se a rosnar para Magritte. Em questão de segundos, outros surgiram das cercanias e formaram um círculo ao redor da dupla. Eram dez, vinte, cinquenta, incontáveis pares de mandíbulas afiadas e salivantes. Em vez de atirar nos cães, o que seria inútil, Ira disparou várias vezes para o alto. Os bichos estavam afoitos demais para se assustar. O círculo engrossou o quanto pôde e então começou a fechar-se em torno dos invasores. Os cães babavam e rosnavam, os latidos ecoavam ferozes, não havia espaço para a menor estratégia de fuga ou defesa. Magritte brandiu o guarda-chuva — "sai, cachorro feio, passa, passa!" —, mas parecia um palhaço no picadeiro. A guardiã assistia a tudo com as sobrancelhas arqueadas.

— Que merda é essa? — disse Ira, visivelmente aflita. — De onde veio essa cachorrada?

— Não percebeu que ela chamou os vira-latas com aquele apito? — Magritte apontou a vigia. — Atira neles, vamos, atira.

— São muitos. Vão devorar a gente.

"Danou-se", pensou Magritte. "Como prever que a guardiã usaria um... peraí, peraí! Alguém previu que isso aconteceria. Alguém fez a previsão. Fez, sim senhor".

O velho da caverna oculta! Magritte enfiou a mão no bolso e apalpou os objetos que recebera em sua passagem pela Guilda. Sem pensar duas vezes, levou o apito à boca e soprou, soprou, soprou. Trinados agudos e cortantes fizeram com que Ira e a própria vigia cobrissem os ouvidos com as mãos. Como era de se esperar, o som tinha um efeito insuportável sobre os cães. Eles deixaram de rosnar e recuaram, sacudindo os focinhos, ganindo, pulando uns sobre os outros para escapar do suplício. Alguns tentavam esconder as orelhas no meio das pernas, espojavam-se no chão, rastejavam para longe. Os menores foram os primeiros a desaparecer, seguidos pelos maiores e mais saudáveis. Voltaram pelos mesmos caminhos dos quais surgiram no minuto anterior. Apenas três tentavam resistir, suportavam bravamente o tormento e latiam para o apito de Magritte. Foram baleados por Ira, que atirou com esgares de prazer.

— Nada mal — disse a vigia, torcendo o nariz. — Mas lamento informar que venceram apenas o primeiro desafio.

— Primeiro e último — corrigiu Ira. — Já passou a hora de pegarmos O Livro.

— Fará isso sem munição?

— Não aprendeu a contar na escola? Ainda tenho uma bala no pente.
— Você não vai atirar em mim.
— Ah, não?
— Sabe por que não fará isso? Porque não quer passar o resto da vida com a certeza de que sou superior.
— Superior! Não se enxerga, não, ô piranha?
— Largue essa porcaria e prove que possui algum mérito. Não perca a oportunidade de cair no braço comigo.
— Epa! — intrometeu-se Magritte. — Fique calma, Ira, não vá cair na conversa da espertalhona. Ela tem jeito de quem sabe lutar.
— E sou muito melhor que a sua amiguinha — provocava a vigia, movendo o corpo e fazendo a tonfa zunir no ar. — Você se chama Ira, é isso? Ira de "irada"? De "iracunda"? Ui, ui, ui, que medo!
— Cala a boca, vadia.
— Cai dentro, querida.
— Querida?
— Mostre o que tem pra mim.
— Não me chame de querida, sua... sua...sua...

Era previsível que Ira não daria ouvidos a Magritte. Ferida em sua vaidade de soldado, arrancou o pente da pistola e atirou as peças longe, uma para cada lado. Praticamente no mesmo gesto, abriu um bastão retrátil e partiu pra cima da vigia. As duas começaram a lutar e a gritar encarniçadamente.

Magritte não sabia como agir. Sem querer lembrou-se do único campeonato de Tae Kwon Do a que assistira na vida. Deixara o evento com a nítida impressão de que as mulheres lutavam com mais pegada do que os homens. Enquanto eles estudavam o adversário e evitavam golpear em momentos duvidosos, elas se chutavam e se engalfinhavam com uma raiva recíproca que metia medo na plateia.

— Parem com isso — pedia Magritte. — Podemos chegar a um acordo sem violência.

No que se aproximou para apartar a briga, tomou um chute e caiu de bunda. Sacudiu a cabeça para espantar as estrelinhas que polvilhavam os seus olhos e levou um belo tempo até se recuperar.

"Ah, danem-se!", pensou. "Elas que são... mulheres... que se entendam!"

E correu para procurar O Livro.

14

A biblioteca possuía portas frágeis e envidraçadas. Dois "coices" foram suficientes para tirá-las do caminho. Magritte correu pelo vestíbulo e entrou na sala do acervo. Como estivesse escuro lá dentro, tateou até encontrar o interruptor. Assim que as luzes se acenderam, a devastação do cenário se materializou diante dos seus olhos.

Entre estantes, móveis, quadros e peças de computadores despedaçados, jaziam pilhas e mais pilhas de livros semidestruídos pelo mecanismo de ar comprimido. Alguns volumes permaneciam inteiros, mas outros estavam desencadernados e talvez espalhados por três, quatro, cinco ou até mesmo seis pontos diferentes da biblioteca. Por causa da bagunça, Magritte teve impressão de que havia mais livros do que o espaço realmente poderia armazenar.

"E agora?", pensou. "Por onde começo a busca?"

Devido aos gritos que chegavam aos seus ouvidos, concluiu que Ira e a guardiã continuavam lutando com fúria crescente. Tudo aquilo era muito estranho e contraditório — como a natureza mística do tarô. A garota, que deveria ser sua inimiga, estava atuando como a mais importante aliada da noite. E a vigia, cuja tarefa de proteger O Livro seguia os propósitos do CGC, personificava o mais poderoso dos obstáculos. Era realmente difícil entender o que estava acontecendo.

Magritte usou a ponta do guarda-chuva para remexer as folhas soltas que cobriam praticamente todo o soalho da biblioteca. Agachou-se, manuseou alguns papéis, tentou recompor um dos volumes escangalhados. Procurava por um texto escrito a mão, pista que poderia ser útil se o acervo não estivesse entupido de manuscritos.

"Espertalhões!", resmungou em pensamento.

Ao lançar os olhos à frente, entendeu que seria impossível localizar O Livro daquele jeito, a menos que dispusesse de toda a noite para procurar. O que fazer? A experiência lhe dizia que nada era melhor do que parar e refletir. A calma é amiga da solução. Em vez de se atirar como um louco a uma tarefa fadada ao fracasso, parou um momento e pôs a mente a funcionar.

Se o velho da caverna previra o ataque dos cães, então era possível que também houvesse previsto que não seria fácil localizar O Livro, mesmo que o Mago estivesse no lugar certo. Magritte tornou a enfiar a mão no bolso e a manusear os objetos que trazia consigo. Considerando que o apito já fora usado e o saquinho de pó não parecia muito promissor, resolveu se concentrar na lupa. Ao empunhar o instrumento, percebeu que a lente era levemente azulada.

— Mas por que esta coisa é... assim?

Lembrou que os livros secretos eram copiados com uma tinta especial que deveria manter-se nítida por séculos. Talvez... sim, era isso! A lupa deveria ter a propriedade de captar os componentes químicos da tinta e evidenciar a energia fosforescente que brotaria das páginas d'O Livro. Recuou até a porta e ergueu a lente diante dos olhos.

— Meu Deus!

Magritte sentiu o coração batendo embaixo da língua. A lupa o ajudava a ver o que jamais veria de outra maneira: três focos de luz azulada em três diferentes pontos da biblioteca. Pulou sobre o emaranhado de papéis e unificou o manuscrito. Conferiu o sequenciamento do texto e comprovou que de fato pertenciam ao mesmo volume. Seria O Livro? O verdadeiro? O autêntico?

— Sim! — Magritte respondia para si mesmo. — Sim, sim, sim!

E estreitou O Livro contra o peito, comovido, com a certeza de ter encontrado a maior dádiva — e a maior desgraça — já criada pelo homem.

15

Correu para fora da biblioteca. Sem querer assistiu aos últimos lances da luta que as mulheres travavam no pátio. Manejando a vara retrátil com incrível agilidade, Ira havia desarmado a adversária e agora se esgueirava para aplicar o golpe final.

— Que desperdício de progesterona! — gritou Magritte. — O Livro está comigo.

Antes de dar atenção ao que acabara de ouvir, Ira avançou e atingiu a cabeça da guardiã com um *roundhouse kick*. A vigia desabou como uma boneca de pano. Ficou deitada, imóvel, inconsciente. Magritte sentiu pena ao ver o nocaute.

— Vamos dar o fora — disse.

— Calma lá — respondeu Ira. — Ainda não acabei.

A garota estava ofegante, com as bochechas vermelhas, sinal de que a luta exigira um esforço acima do esperado. Deu alguns passos para a esquerda e apanhou a pistola caída no chão. Depois cruzou o pátio na direção

contrária, saltando sobre a vigia inerte, e encontrou o carregador.
— Quer saber, *honey*? Não é a primeira vez que faço isso.
— O quê?
— Largar a arma para resolver um problema com os punhos. É preciso deixar o pente longe da base, se não o inimigo pode se aproveitar do ataque de honra e acabar com a sua raça.
— Você fala como se fosse um valentão que vive procurando brigas em bares.
— *Come on*, senhor surrealismo, controle os seus preconceitos.
— Já disse para não me chamar de senhor surrealismo.
Ira voltou ao local em que estava a vigia. Fez com que a palavra "piranha" escorresse por seus lábios raivosos. Depois de cuspir com uma exagerada careta de nojo, engatilhou a pistola e mirou o pescoço da guardiã.
— Não! — gritou Magritte, usando a alça do guarda-chuva para desviar o disparo (um buraco se abriu no calçamento). — Ficou louca?
— Eu? — respondeu Ira, descabelada, agora apontando a arma para Magritte. — Olha só a cagada que você fez.
— Chega de sangue desnecessário.
— Ela não merece viver. Me afrontou, tentou me ferir, me chamou de "querida".
— Abaixe essa arma. Ou quer atirar em mim também?
Ira começou a rir. Era impressionante como passava da raiva ao deboche e do deboche ao ódio selvagem, tudo em questão de segundos. Magritte percebeu o erro que havia cometido. Não devia ter se aproximado sem proteção.

O risco calculado fugiria ao controle com a instabilidade da garota. Bastava que ela puxasse o gatilho e se apoderasse d'O Livro. Ele apertou os olhos e esperou o pior.

— Bang! — brincou Ira, abaixando a pistola. — Hoje não posso matar mais ninguém, querido. Esqueceu que ajudou a desperdiçar o meu último projétil? É O Livro que tem aí?

— Pode apostar.

— Tem certeza que é o verdadeiro?

— Sou o Mago, não sou?

— Passou a acreditar na "baboseira"?

— Aconteceram coisas esquisitas demais — fez um gesto para a vigia desmaiada. — Perdi o benefício da dúvida.

— Passe O Livro pra cá.

— Ah, é!

— Posso protegê-lo melhor.

— Negativo. Fui encarregado de levá-lo até a Guilda, e é pra lá que ele vai.

Ira devia dar de ombros, mesmo que fosse para dissimular suas intenções, mas estava claro que não conseguia fazer isso. Olhou amplamente ao redor, suspirou em sinal de impaciência e deu um passo para ficar mais perto de Magritte.

— Vamos ao que interessa — disse. — Temos menos de dois minutos para tomar uma atitude.

— Que atitude?

— Precisamos decidir o que fazer.

— Está falando d'O Livro?

— Dos seus bigodes é que não, né? É claro que estou falando d'O Livro. Vamos ficar com ele.

— Pirou, menina? Temos um trato com aqueles caras.

— Você, talvez. Eu sou livre para seguir o meu destino. Não tenho mais nada a ver com aquele bando de psicopatas.

— Mas aceitou o dinheiro deles.
— Não me faça rir.
— Traição, então?
— Sobrevivência! É óbvio que fomos rastreados. Deve haver um microssinalizador na moto ou mesmo nos nossos cabelos. Vão chegar a qualquer momento, e sei que não pretendem deixar ninguém para contar a história.
— Dei minha palavra.
— Qualé, velhote! Sei que deseja O Livro, tanto quanto eu.
— Não dessa vez. Agora só me importo com o resgate da Jê. Todo o resto perdeu o valor para mim.
— Não acredito que seja tão idiota. Acha que vão devolver o boneco?
— Estou disposto a arriscar.
— Acha que vão deixar você viver?
— Não tenho escolha.
— Tem, sim. Fuja comigo. O Livro nos dará todo o poder de que precisamos. Seremos eternos, Magritte, e poderemos governar o mundo de mãos dadas.
— Não acredito que acredite que eu seja tão burro.
— Pode me possuir, se quiser.
— Não brinca.
— Por que não mostra o que tem aí pra mim? Pare de me comer com os olhos e me coma com a virilidade que sinto em cada gesto do seu corpo. Venha comigo. O Livro ficará melhor nas minhas mãos.

Por um breve instante, as palavras se emaranharam no pensamento de Magritte. Mais uma vez, Ira parecia ser outra pessoa. Sorria e massageava os quadris numa promessa de luxúria e submissão. Parecia ser uma *pin-up* da pornografia à moda antiga. O bibliotecário já tinha idade suficiente para saber que a beleza e a verdade possuem problemas de convivência.

— Você luta com a astúcia de uma serpente — disse Magritte —, mas atua com a profundidade de um jumento.
— Engraçadão! — ela mudou o tom. — Vai se arrepender de me esnobar.
— Existe uma coisa que você jamais será capaz de compreender: amo outra mulher.
— Aquilo?
— A alma dela está presa no boneco de vinil e...
— Eu sei, eu sei. Li no relatório.
— Sonhei a vida inteira com O Livro, mas agora só quero levar a Jê para casa. Vamos encontrar um meio de fazê-la voltar ao seu corpo original.
Ao ouvir a declaração de Magritte, Ira jogou a cabeça para trás e soltou uma gargalhada.
— Estou sonhando — acrescentou —, ou acabei de ouvir a voz da ingenuidade?
— É outro nome para o que eu chamo de amor.
— Trouxa! Panaca! Barnabé!
— Por que a irritação? Medo de que jamais sintam o mesmo por você?
— Tadinha de mim! Nunca suspeitou que essa sua Jê fosse uma espiã?
— Como?
— Agora é surdo? Pensei que se contentasse em ser cego. O Red Tie é que plantou o boneco na sua vida. Queria descobrir tudo sobre a sua intimidade. Precisava saber se você tinha condições de ser o Mago que seguiria a esfera e encontraria O Livro.
— Mentira.
— Pense um pouco. Você realmente acredita que algum dos seus superiores permitiria que uma criatura tão bizarra acompanhasse o encarregado de RH na rotina da Biblioteca Subterrânea?
— Pare com isso.

— Está no relatório.
— Pare!
— Não se exalte, querido. Tenho um prêmio de consolação no pacote. A sua Jejezinha não sofreu nenhuma tortura entre os pervertidos da Guilda. Pra que machucariam a pobrezinha, se ela faz parte da gangue?
— Cale a boca!
— Brabinho, ele?
— Está tentando me confundir.
— Ou salvar o seu rabo.
— Quer que eu entregue O Livro de mão beijada.
— Já disse o que quero. A verdade é dura, né? Deve ser por isso que a maioria prefere as fadas.

Magritte fez meia-volta e saiu a passos largos. Não podia crer nas palavras de Ira, mas por que a história dela parecia fazer sentido? Não, nunca. Era uma estratégia de fragilização psicológica, só isso. Queriam miná-lo por dentro, deixá-lo sem saber o que fazer. Por outro lado, os fatos possuíam aquilo que ele poderia chamar de coerência interna. Uma série de velozes *flashbacks* reorganizaram as imagens de Jê na cabeça de Magritte. O boneco era curioso demais. Perguntava demais. Fuçava demais. Características de um espião? Ou de alguém preocupado com os sentimentos da pessoa amada?

— Aonde pensa que vai? — disse Ira. — O Livro fica comigo.
— Esqueça!
— Pensei que fosse mais esperto.
— Eu também.
— Então tá. O que não vem pelo amor, vem pela dor.

Ela correu e atacou Magritte pelas costas. Ele esperava por isso. Virou-se e revidou com a lâmina do guarda-chuva. Mas a habilidade da garota não possuía limites. Foi fácil vencer o bibliotecário, quase brincadeira de criança.

Bastou que se esquivasse do golpe e o derrubasse com uma rasteira. Magritte caiu pesado, as costas retumbando ao bater no chão. Ficou um minuto com a respiração travada. Quando deu por si, ela já estava correndo com O Livro nas mãos.

— Espere! — chamou Magritte. — Você não sabe o que está fazendo.

Era uma súplica, mas também uma advertência. Antes que Ira pudesse pular o muro para alcançar a moto, dois poderosos holofotes se acenderam à sua frente. Eram os homens da Guilda que surgiam como silhuetas armadas na escuridão.

— Largue O Livro e ponha as mãos na cabeça — ordenou uma voz mecanizada. — Repito: largue O Livro e ponha as mãos na cabeça.

É óbvio que Ira não obedeceria.

No momento em que a garota era metralhada — pela sonoridade impiedosa dos disparos, ela estava sendo literalmente rasgada pelos projéteis — Magritte levantou-se e correu para trás da biblioteca. Ouviu que o tiroteio continuava, talvez porque os soldados do CGC também chegaram ao local. Eis o grande confronto, a luta decisiva entre as forças de duas facções que jamais teriam pudores de matar pelo Livro.

— Xaropada! — grunhiu o bibliotecário.

Um helicóptero se aproximou de repente. Magritte não podia permitir que as luzes de localização incidissem sobre ele. Por isso pulou uma cerca de estaquetas e rolou barranco abaixo. Levantou-se e correu como o atleta que nunca foi. Ainda que tudo o empurrasse para o desespero, ele tinha um plano que já estava em prática. Sabia exatamente para onde ir e o que fazer. Mas primeiro precisava escapar das metralhadoras...

16

Até o sol nascer, Magritte ficou escondido num tubo de concreto que encontrou num canteiro de obras. Em vez de descansar e recuperar as energias, permitiu que uma avalanche de contradições arrasasse as poucas certezas que habitavam sua mente. Era Jê uma espiã contratada por Red Tie? Ira matara nove agentes do CGC, mas merecia ser metralhada daquela maneira? O que fazer para impedir que os colegas da Biblioteca Subterrânea fossem eliminados às 10h da manhã?

Quando ouviu que o helicóptero cessara de ir e vir nos céus da região, Magritte saiu do tubo e tomou um táxi para o centro. Estava sujo e abatido como um indigente, mas ainda mantinha a carteira, o guarda-chuva e o chapéu. Sabia que não era Mago coisa nenhuma. Sentia-se como mais um dos que choviam — o seu lema — e assim estava bom. A diferença é que agora possuía assuntos realmente sérios para resolver.

Saltou nas imediações da piscina em que ficava o esconderijo da Guilda. Seu primeiro passo seria falar com It e o ancião da caverna, até porque possuía um trunfo inesperado que providenciaria a liberdade de Jê. Não obstante as duras palavras de Ira e a suspeita de que o maior amor do mundo não passasse de uma farsa, o boneco continuava sendo prioridade.

Mas qual não foi a surpresa de Magritte ao se aproximar do "sendero de Moisés" — será que as águas se abririam novamente? — e perceber que, no lugar da piscina, havia apenas uma cratera fumegante? O buraco era imenso, obra de alguma bomba de poder avassalador, e revelava, através dos móveis despedaçados e dos resquícios de azulejos flutuantes, que a sede da Guilda fora destruída sem um mínimo de piedade. A água escura borbulhava no fundo do abismo, e o calor reinante indicava que a explosão ocorrera há pouco.

Quem era o responsável pelo ataque? O CGC? Não fazia sentido. Se Red Tie estava mancomunado com aquela gente, por que empreenderia esforços para varrê-los do mapa? Talvez o plano fosse muito mais complexo e maquiavélico do que se poderia imaginar. Red Tie usou a Guilda da mesma forma que estava usando Magritte. Assim que se tornassem desnecessários, mandaria os aliados para o inferno. Desse modo, não precisaria dividir a posse d'O Livro com ninguém.

— Ei, moço, o que está fazendo aqui?

Magritte virou-se e deu de cara com os dois mendigos da noite anterior. Eram os guardas disfarçados que permitiram a passagem de Diva após a verificação do ourobouros. Abalados com a destruição da piscina, tinham motivos de sobra para suspeitar de qualquer pessoa que se aproximasse do local.

— O que aconteceu? — disse Magritte.

— Essa pergunta é nossa — respondeu o menos sujo. — Foi você que detonou a bomba?

— Claro que não.

— Por que não estava lá embaixo na hora da explosão?

— Saí para buscar... para fazer um favor à Guilda.

— Ele mente — sentenciou o outro. — Foi o agente da desgraça.

— Não cometam uma injustiça — insistiu Magritte, já com o guarda-chuva preparado. — Preciso ver It ou o ancião da caverna, ou qualquer outro que possa me ajudar.

— Do que está falando?

— Podem abrir o jogo. Não há mais razão para fingimento. Sei quem são vocês. It e o ancião morreram, foi isso?

— Que pergunta, moço. Se eles estavam lá embaixo, acha que haveria alguma chance de sobrevivência?

Um nó se apertava no peito de Magritte. Acaso o boneco também voou pelos ares? Teve vontade de saltar na cratera e vasculhar os destroços até encontrar a sua réplica do Jeremias. Quanto mais avançava no pesadelo, mais sentia necessidade de reconstruir a principal das suas convicções: não poderia viver sem a esperança de encontrar o verdadeiro corpo de Jerusa McMillan.

— Ouviu? — disse o menos sujo, apontando o dedo para o alto. — Uma sirene.

— Ou duas — acrescentou o outro. — O corpo de bombeiros e a polícia estão chegando. Logo estaremos cercados de curiosos. Hora de dar no pé. Só que antes...

— Por favor — disse Magritte. — Não precisamos fazer isso.

Mas os mendigos não deram ouvidos à razão. Partiram pra cima de Magritte e lhe aplicaram uma surra razoável. Claro que o bibliotecário tentou se defender, inclusive feriu um dos agressores com a lâmina do guarda-chuva, mas estava cansado demais para manter a luta em pé de igualdade. Teria apanhado o triplo se as sirenes não estivessem tão próximas. Os mendigos e ele próprio fugiram do parque, cada qual para uma direção diferente.

— Canalhas — grunhia Magritte. — Canalhas...

Exausto, refugiou-se entre as caçambas e as caixas de lixo de um beco sem saída. Dali podia ver os fundos de uma banca de revistas que acabava de receber as entregas do dia. Entre os maços de jornais e os pacotes de gibis, avistou uma logomarca que fez o seu corpo estremecer: Dark Comics. Com um canivete, o vendedor rompeu os barbantes do embrulho, rasgou o papel pardo sem muito cuidado e apanhou os novos exemplares de *Jeremias*. Com um atraso de três dias, o centésimo décimo primeiro número finalmente chegava ao mercado. Magritte começou a rir da ironia.

— Não acredito — disse em voz alta. — É demais pra minha cabeça...

Do riso passou à gargalhada, e da gargalhada ao choro convulso. Por que não se levantava e corria como um moleque para agarrar o seu exemplar? Por que não devorava cada figura e cada legenda da história como se fosse um lobo faminto de fantasia e ficção? Era por isso que ria e chorava. Justo nesse instante, no instante em que o número 111 estava a uns poucos metros de sua posição, havia outra leitura mais urgente — e certamente mais intrigante — a fazer.

Apanhou o cachimbo e a caixa de fósforos. Restavam três palitos. Desperdiçou o primeiro ao tentar acendê-lo na sola do sapato. Por pura teimosia, repetiu a operação — com sucesso — e comemorou o êxito nas contínuas e pequenas baforadas que fizeram o fumo queimar.

Em seguida abriu os botões da camisa, um por um, até tirar das calças, onde ficaram presos com o auxílio do cinto, os três conjuntos de folhas que formavam O Livro. Sim, O Livro. Era todo seu. Enfim descobriria o texto capaz de destruir o mundo como o conhecemos. Folheou o manuscrito com calma, verificou a folha de rosto, viu que havia iluminuras em várias páginas. O título era *Margens*, mas em parte alguma encontrou o nome do autor.

Magritte respirou fundo. Passou as costas das mãos nos olhos, como se quisesse livrá-los de toda a impureza e ignorância. Depois abriu na primeira página e iniciou a leitura.

17

Havia um menino que morava na beira do rio. Era o filho mais novo de um casal de lavradores que dia a dia cultivava a terra para o sustento da família.

Pouco antes da colheita, o pai caiu doente com o rosto e o corpo cobertos de feridas purulentas. Tinha febre e mal podia engolir as beberagens necessárias à sua melhora. A mulher tentava ajudá-lo com dedicação, mas acabou contaminada pelas chagas do marido.

O filho mais velho decidiu que os pais deveriam ficar em quarentena enquanto ele viajava à aldeia para pedir ajuda. Embarcou na canoa nova e atravessou o rio. Depois de vários dias de espera, os dois irmãos restantes concluíram que o mais velho jamais voltaria.

Então o filho do meio assumiu as responsabilidades de mandante. Ordenou que os pais permanecessem confinados, embarcou na canoa velha e cruzou para a outra margem. Os dias se passaram sem que nada de novo ocorresse. Ao cabo de uma semana, o último dos irmãos concluiu que o do meio também não voltaria.

Desse modo, chegou a vez do filho mais novo atravessar o rio, mas não restava mais nenhuma canoa. Mesmo se ele soubesse nadar, a travessia seria inviável, pois as águas eram largas e tormentosas. O menino pensou em seguir ao longo da margem até encontrar uma ponte cuja existência vislumbrara em sonhos. Antes de sair, lembrou-se de visitar o paiol em que os pais estavam presos. Continuavam vivos? Bateu na porta e chamou, temeroso de que ninguém respondesse...

— Muito esperto da sua parte. Magritte ergueu os olhos com tanta velocidade que acabou batendo a cabeça na parede. Tentando levantar — e derrapando os pés como um bêbado —, a única coisa que pôde fazer foi fechar O Livro e protegê-lo de encontro ao peito. Quem era o velho que estava na sua frente? Vestia branco de cima a baixo, incluindo os sapatos e o chapéu, além de possuir a pele alva e um tanto sebosa. Isso queria dizer que... Meu Deus... era um *tie*! White Tie? A cor da gravata indicava que sim. Além do Red, Magritte nunca havia visto nenhum dos outros chefões do CGC. Então por que aquele rosto seco e encarquilhado parecia familiar?

— Deixar que Ira tomasse um livro falso — prosseguiu o velho — foi mesmo um golpe de mestre. A guria era ladina, mas afobadinha. Devia ter desconfiado que ninguém entregaria O Livro sem espernear até o fim das energias. Eu mesmo me deixei enganar pelo truque. Levei quase uma hora para perceber a fraude. Enquanto isso, o texto que interessa estava nas suas mãos, pronto para ser lido.

— Quem é você?
— Ainda não descobriu?
— White Tie?
— Pode me chamar de WT.
— É mesmo você?
— Não sabe distinguir as cores?
— O seu rosto... eu já vi antes..

O velho deu um piparote na aba do chapéu e permitiu que sua face se mostrasse por inteiro. Ao mesmo tempo, abriu-se num sorriso que revelava o canino dourado em contraste com a brancura dos outros dentes.

— "É preciso técnica" — disse com trejeitos de serviçal. — "Só os mestres conseguem sintonizar o fósforo e a borracha".

— O barman?! — espantou-se Magritte. — Mas... mas...

— Ainda não entendeu? — O velho fez um charuto aparecer entre os dedos da mão direita. — Eu estava trabalhando sob disfarce.

Magritte adivinhou o que aconteceria a seguir. WT encaixou a ponta do charuto na orelha, que usou como acendedor automático. Como conseguiam fazer aquilo? Era um hábito tolo e irritante. Inesperadamente, porém, o velho perguntou se o bibliotecário também queria fumar. A resposta foi não.

— É um prazer conhecê-lo pessoalmente — disse WT —, mesmo que isso seja um tanto redundante para mim. Sei coisas a seu respeito que você jamais teria condições de imaginar.

— Está falando daquela palhaçada de Mago?

— Palhaçada... É mesmo uma palavra limitadora. Uma palavra que me acompanhou por um longo tempo. Sabe, eu costumava ouvir histórias sobre a existência de alguém que poderia encontrar o verdadeiro Livro com uma ajudinha do Eliphas Levi, mas sempre achei que deviam ser lorotas de burocratas sem nada melhor para fazer. Além do mais, por que deveria me aborrecer com isso se tinha certeza que o verdadeiro Livro estava seguro no nono andar?

— Quem tirou O Livro de lá?

— Os que estão acima dos *ties*. Eles é que tiveram a brilhante ideia de guardar O Livro numa pequenina biblioteca municipal, ao alcance de todos, vigiado ao longo dos anos por três gerações de guardiãs que estavam apenas esperando a sua chegada.

— Pensei que vocês estivessem no topo da cadeia alimentar.

— Eu também, por um tempo. Mas a verdade é que tem muita gente cagando na nossa cabeça. Se algum dia tivessem a dignidade de dar explicações, provavelmente diriam que ocultaram O Livro para nos proteger de nós mesmos. É revoltante, concorda? Red Tie foi o primeiro a desvendar a mentira. Deve ter levado um choque ao perceber que estava protegendo uma falsificação. Entendo o drama. Você pensa que é um privilegiado, um escolhido dos deuses, e de repente se dá conta de que passou os seus melhores anos vivendo uma mentira, lendo e interpretando um texto que não vale nada. Ele não fez como eu, como os outros *ties*, não aceitou abaixar a cabeça. Foi atrás da lenda e descobriu uma data sagrada para os astros: 15 de agosto de 1967.

— O dia do meu aniversário.

— Só posso concluir que os nossos superiores estavam se divertindo com uma espécie de xadrez místico. Se o Mago conseguisse recuperar O Livro, significava que os *ties* teriam conquistado o direito de realizar a leitura. É por isso que a guardiã não tinha permissão de atentar contra a sua vida. Ela deveria apenas afugentá-lo. Caso fracassasse, deveria dificultar sua busca ao máximo. E foi o que ocorreu, não?

— Mas... então... quer dizer que o Red Tie... agiu corretamente?

— Em parte. Ele jamais deveria ter se aliado à Guilda das Iluminuras.

— Eu nunca tinha ouvido falar dessa gente.

— Um bando de fanáticos. Em cinco séculos de história, foi a única organização que realmente trouxe algum perigo ao CGC. Quando percebi o que Red Tie estava fazendo, tomei uma série de providências investigativas. Depois me infiltrei na Guilda para descobrir se a lenda do Mago tinha fundamento e se eles de fato poderiam localizar O Livro.

— Por que está me contando essas coisas?
— Ora, por quê!
— Você é um *tie*. Não deve satisfações a ninguém.
— Não é satisfação.
— Mas parece.
— Acho que você tem o direito de conhecer os fatos.
— Direito?
— Por tudo que passou na última noite.
— Se é assim, tomo a liberdade de fazer uma pergunta.
— Quantas quiser.
— O boneco.
— Que boneco?
— Sabe qual. A réplica de Jeremias. Jerusa McMillan. Jê. É verdade que estava me espionando?
— Não tive acesso a essa informação.
— Está mentindo.
— Só ouvi rumores.
— Então fale.
— Desculpe, meu caro, mas não temos tempo para isso.
— Por favor. É o que há de mais importante para mim. Não posso continuar sem saber a verdade.

WT ficou em silêncio, apenas brincando com a fumaça do charuto. Magritte detestava a palavra "surreal", mas era a única capaz de descrever o que estava acontecendo. Ao se atolar na dúvida que cercava a conduta de Jê, teve tempo e condições de sentir medo. Viu uma limusine branca estacionada em frente à banca de revistas. Devia haver homens armados nas redondezas, apenas esperando

ordens para disparar. O próximo passo do velho seria pedir que o bibliotecário entregasse O Livro. Com efeito, ele estendeu a mão enrugada e fez um gesto com os dedos.
— Ira... — balbuciou Magritte. — Foi o seu pessoal que...
— Não. Foram os carniceiros da Guilda. Eles é que sacrificaram a garota. Depois chegamos e atiramos neles. Pra ser sincero, fizeram um favor para mim. Secretamente, eu havia dobrado a recompensa para que ela entregasse O Livro nas minhas mãos, mas sempre soube que não era uma agente de confiança. Previ que sofreria a tentação de fugir com O Livro. Acontece com todos, não é mesmo? Foi por isso que cheguei e peguei você com os olhos na primeira página.
— Mas eu não estava lendo... só olhando... verificando o material.
— Você sabe que ninguém tem autorização para ler O Livro, somente os *ties*. Está ciente de que eu já deveria ter sinalizado para que algum dos meus homens atirasse em você?
— Olha, eu... eu juro... na realidade, eu...
— Mas você vai viver. Preciso do seu testemunho para desmascarar Red Tie. É melhor que venha comigo. Se fui corretamente informado, ele vai dar a Ordem Extrema às 10h da manhã. Não podemos permitir que as vidas dos nossos colegas se percam em vão. Isso já aconteceu pelo menos duas vezes na história do CGC. Não merecemos uma terceira mancha. Passe O Livro, Magritte. O tempo está correndo.

Antes de obedecer, Magritte deu uma boa olhada para o alto e para os lados. Não avistou ninguém, mas era certo que havia ao menos três armas apontadas para a sua cabeça. Engoliu em seco, piscou repetidas vezes. Tentava impedir que uma lágrima escorresse pelo seu rosto. Ao se desfazer d'O Livro, imaginou que estaria dando o último suspiro, como alguém que se despede do indiscernível prazer de respirar. Mas nada aconteceu. Não escutou nenhum estampido, não sentiu nenhum baque repentino no corpo, não presenciou a escuridão dos olhos que se apagam para sempre.

WT estendeu a mão para ajudá-lo a levantar.

— Venha — disse o velho. — Vamos devolver O Livro ao seu santuário. O nono andar da Biblioteca Subterrânea.

"Certo", pensou Magritte. "Ele só precisa me colocar na linha de tiro. Agora serei alvejado".

E de novo, porém, nada aconteceu.

O bibliotecário seguiu o velho para fora do beco. Passou ao lado da banca e deu uma longa olhada na capa da revista *Jeremias*. Era um close do personagem, desenhado com a língua de fora, pronto para lamber o sangue que lambuzava a lâmina da espada. A imagem já não causava expectativa, mas um tênue lampejo de mal estar.

O motorista apareceu e abriu a porta da limusine. "Como não adivinhei?", refletiu Magritte. "Deixaram para me aniquilar dentro do carro. Levam o meu corpo embora e resolvem tudo sem deixar vestígios. Um serviço rápido, limpo e objetivo".

Ainda dessa vez, quando entrou na ampla e luxuosa cabine do veículo, nada anormal se deu com a sua integridade física. WT sentou-se ao seu lado.

— Para o Quarteirão — disse ao motorista. — Rápido.

E a limusine cruzou a cidade na velocidade máxima permitida.

18

Nas proximidades do Quarteirão Proibido, Magritte olhou pela janela da limusine e entendeu que o cenário já estava montado para a Ordem Extrema. Havia gente demais na rua, a maioria homens carrancudos, agentes disfarçados e preparados para entrar em ação a qualquer momento. Assim que Red Tie desse o sinal, mais de setenta pessoas seriam assassinadas a sangue frio. Seguranças externos e internos, guardas uniformizados, funcionários graduados, chefes de seção, todos deveriam perecer por causa de um único suspeito. Pouco importava se a maciça maioria das vítimas fosse inocente. O único objetivo relevante do CGC era a segurança do acervo.

— É incrível que isso esteja acontecendo — disse WT, também olhando para fora. — Não pude participar da votação porque passei os últimos dias disfarçado, mas, se conheço o Conselho dos Ties, devem ter dado o consentimento desse absurdo com a facilidade de quem assina um memorando. Os imbecis entraram em pânico depois da invasão do prédio central.

— Como é possível que possam matar tanta gente ao mesmo tempo?

— Você acaba de falar como um novato.
— Quero dizer na prática. O pânico vai se instalar, alguns podem sobreviver e até mesmo fugir. Os civis vão tomar conhecimento da organização.
— Existe um protocolo. Se a operação está em curso, é porque os detalhes foram planejados há mais de cinquenta anos.

Magritte estava admirado com aquele princípio de diálogo. É que White Tie quase não falou durante o trajeto. Estava mais preocupado em analisar as três pequenas encadernações que compunham O Livro. "Eu sabia", resmungava de vez em quando. "Eu sabia!" Era compreensível que estivesse emocionado. Também ele esperara toda uma vida para folhear as páginas que agora tinha em mãos. Magritte esticava o olho sobre os papéis, mas virava-se para o lado a cada vez que o *tie* mexia a cabeça.

— Chegamos!

Assim que pararam diante da loja de calçados, Magritte saltou e ficou aguardando instruções. Não tinha a menor ideia do que WT pretendia fazer para impedir o massacre. Não corriam necessariamente contra o tempo, já que faltavam mais de vinte minutos para as 10h, mas era difícil prever como abordariam Red Tie. Atravessaram a rua e adentraram os limites do quarteirão. O motorista recebeu ordem de ficar para trás, assim como os quatro seguranças que — só agora Magritte percebia — escoltaram a limusine em dois discretos carros de passeio.

— Venha — disse o velho. — Quero que me ajude a chutar um traseiro.

— Não vão permitir que entremos no nono andar.

— Esqueceu quem eu sou?

WT caminhava com O Livro na mão, às claras, talvez porque estivesse seguro de que ninguém daria atenção a um manuscrito, ou talvez porque julgasse que de fato era o melhor guardião do tesouro. De qualquer modo, a sua presença acabou intensificando a desconfiança entre os guardas disfarçados, que àquela altura já farejavam problemas no ar. Excetuando o responsável local, os *ties* não costumavam dar as caras com facilidade. Nada mais previsível, portanto, que o pessoal do quarteirão se questionasse sobre o velho que usava terno, chapéu e sapatos brancos. A confeiteira, a cabeleireira, o mensageiro do hotel, todos começaram a trocar olhares de interrogação. Tchetchenko veio à porta do sebo e fez um gesto ostensivo — quem era o vovô? —, mas Magritte deixou de responder porque viu que o quiosque estava aberto e Labdien destinava o seu melhor sorriso a uma velhinha que pretendia consertar um guarda-chuva.

— Com licença — disse Magritte. — Preciso ver uma coisa.

— Aonde você vai? — rosnou WT. — Não podemos nos atrasar.

— Não demoro.

O que Magritte menos queria era perder a compostura. Mesmo assim saiu correndo e, ao alcançar o quiosque, cometeu a indelicadeza de interromper a velhinha no meio de uma séria conversação sobre o tempo.

— Labdien! — cochichou com os dentes cerrados.

— Eu não disse pra você tirar o dia de folga?

Assustado com o nervosismo do patrão, o rapaz fez um movimento afirmativo com a cabeça.

— Então por que veio?

— O senhor não recebeu o comunicado?

— Que comunicado?

— Hoje de manhãzinha. Ligaram avisando da reunião no auditório do terceiro andar.

— Às 10h?

— Ah, então avisaram o senhor...

Magritte arrancou o chapéu da cabeça e por pouco não o atirou no chão para pisoteá-lo num surto de raiva.

— Ouça as minhas instruções, Labdien: aconteça o que acontecer, não vá para essa reunião. E outra: se alguém oferecer algo para você ingerir, recuse.
— Ingerir?
— Uma pílula, um suco, uma xícara de café, qualquer coisa. Faça melhor: saia já daqui, agora mesmo. Vá pra casa.
— E o quiosque?
— Deixe do jeito que está. Corra, vamos, antes que seja tarde demais.
— E o meu guarda-chuva? — protestou a velhinha.

Magritte voltou para junto de WT. Entraram no hotel, passaram pelo porteiro — que reconheceu as credenciais do *tie* — e abriram a pequena porta dos "materiais de limpeza" à direita do elevador. Em vez de digitar a longuíssima senha da porta de ferro, WT usou um cartão magnético para ativar o mecanismo de identificação de retina. Assim que a passagem foi liberada, desceram as escadas e saíram no primeiro andar da biblioteca. Apesar dos guardas com armaduras kevlar que estavam na porta, prova de que a segurança recebera reforços após a invasão, os dois puderam transitar livremente até a área de triagem, onde todas as atenções, como era de se esperar, foram magnetizadas pelo homem de branco.

Como um *replay* do que ocorrera na área externa, os funcionários também começaram a trocar olhares de interrogação. Era mesmo um *tie*? Por que aparecia sem aviso? Tinha a ver com o roubo da véspera? Estava acontecendo alguma coisa que não sabiam? A bela Oriana sinalizou suas dúvidas a Magritte. Ele teve a tentação de responder, mas acabou seguindo WT, que caminhava altivo, rápido, sem olhar para os lados ou dar importância a quem quer que fosse. Ulrich e Toni Sarajevo empurravam carrinhos de originais na direção contrária. Intrigados, abriram caminho para a dupla passar.

"Sou um péssimo detetive", pensou Magritte. "Como fui capaz de suspeitar que algum desses idiotas pudesse ser o informante?"

— Opa! — disse Steranko, saltando do seu banquinho. Também tomou um susto ao ver Magritte entrando com WT no elevador. — Bom dia.

— Nono.

— Lamento, senhor. Podemos ir a qualquer andar, menos ao nono.

— Por quê?

— Red Tie não deseja ser perturbado até a hora da reunião.

— E você, o que deseja?

— Eu? Bem... servir o CGC?

— Morrendo?

— Como?

— O argumento pode soar abstrato, mas viemos para salvar sua vida.

— Ahn?

— A sua e a dos seus colegas de trabalho.

— Bem, senhor, fico realmente grato, e tenho certeza de que falo em nome de todo o pessoal, mas, argumentos abstratos à parte, não tenho autonomia para atender o seu pedido.

As portas já estavam fechadas. Evitando continuar a discussão, WT olhou para Magritte e comprimiu as sobrancelhas. Foi o suficiente para que a lâmina do guarda-chuva tocasse o pescoço de Steranko.

— Ei! — reclamou o ascensorista. — O que é isso?

— Um argumento concreto.

O elevador começou a descer.

19

Logo que as portas se fecharam diante dos olhos atônitos de Steranko, WT digitou uma série de números no painel de controle.

"O que ele está fazendo?", pensou Magritte.

— Enfim sós! — disse o velho. — Sem câmeras, sem gravações, sem interrupções. Ninguém entra e ninguém sai até resolvermos a questão.

— Ei! — Era a voz de Red Tie. — Posso saber o que está acontecendo?

O encarregado da biblioteca segurava um livro — aquele que deveria ser O Livro — e avançava furiosamente na direção dos invasores. Magritte foi tomado por uma onda de vertigens. A alva vastidão do nono andar, que parecia infinito por conta da pintura e da ausência de referências espaciais, dava-lhe a certeza de estar flutuando no vazio. Com exceção da mesa da chefia e do complexo sistema de segurança projetado para abrigar o principal manuscrito do CGC, todo o resto compunha um limbo que ameaçava engolir o mundo com sua brancura desoladora.

— White? — disse Red Tie. — O que está fazendo aqui? Sabe que não pode se intrometer na minha jurisdição.

— Olha só! — respondeu WT, exibindo O Livro.
— Trouxemos uma coisinha pra você.

Magritte notou que Red Tie estava confuso. Agia de um modo totalmente diverso do esperado. Apesar disso, o bibliotecário não deixou de libertar todos os clichês que trazia presos na boca:

— O jogo acabou, Red Tie. É hora de pôr as cartas na mesa.

Mas Red Tie continuava estarrecido diante dos dois.

— Que merda é essa? — disse.

— Eu é que pergunto — retrucou Magritte. — Por que não deixa esse livreco de lado, se sabe que ele é falso?

— Como assim, falso? Procuro uma resposta que confirme a decisão mais difícil da minha vida. Acabei de dar a Ordem Extrema.

— Suspenda.

— É tarde.

— Viemos tirar a responsabilidade das suas costas. Prometi que descobriria o traidor, não prometi? Ele está aqui.

— White? — exclamou Red Tie, sério. — Então foi você? Mas por quê? Por que entregou as senhas? O que pretendia com o livro do Eliphas Levi?

Sem se preocupar em responder, WT surrupiou o guarda-chuva de Magritte e caminhou em direção a Red Tie. Com uma destreza surpreendente, usou o utensílio para envolver o colega numa intrincada chave de pressão. Sem a menor piedade, estreitou os braços em duas alavancas firmes e... quebrou o pescoço do infeliz?!

— Ei, ei, ei! — gritou Magritte. — O que está fazendo?

— A coisa certa.

— Mas você... matou o cara?

— Espero que sim.

— Pra que fazer isso, porra?
— Na verdade não fui eu. — WT cravou a lâmina do guarda- chuva no peito da vítima. — Foi você.

Magritte deu um passo instintivo para trás. Num único lampejo mental, foi forçado a compreender que Red Tie era inocente. WT é que estava por trás de tudo. A filiação ao inimigo, a captura das senhas, o roubo do livro, provavelmente a explosão da sede da Guilda. O canalha fez uso de todos que encontrou pelo caminho, e agora estava se livrando do lixo descartável. Magritte seria o próximo.

— Gostou do truque com o guarda-chuva? — riu-se WT. — Passei a vida me adestrando nesses joguinhos de combate. Enquanto vocês, palermas, engordavam e encarangavam em escritórios fedorentos, dediquei-me ao estudo das artes marciais de cinco continentes. Não sei se mencionei o detalhe, mas fui eu que treinei a jovem Ira. Se ela não tivesse sucumbido à sede de poder provocada pelo Livro, desfrutaria de um futuro lindo e promissor.

— Você mentiu pra mim — disse Magritte, recuando.
— Mentiu para todos nós.

— Só o necessário. — WT apanhou o manuscrito de Red Tie e o uniu ao que tinha nas mãos. — Eu disse que o livro do nono andar era falso, quando na verdade é apenas incompleto. Os dois formam um todo perfeito, e agora estão juntos novamente. Um traz as histórias, o outro os conceitos. Um traz as máximas, o outro as interpretações. São meus para sempre.

— "Havia um menino que morava na beira do rio"? O que é isso? Como essa idiotice pode ser tão importante?

— Está vendo? Mesmo a um passo da morte você se sente atraído pelo Conhecimento. E antes, apesar de saber que seus colegas seriam eliminados, você teve tempo de sentar e ler o que jamais deveria ter lido. Eu só não matei você lá fora porque necessitava que morresse aqui dentro.

— Me diga ao menos quem é o autor d'O Livro.
— Seria demais para você.
— Ok, entendi. Somos de castas diferentes. Aceito a minha insignificância. Mas mesmo um *tie* não poderia sair da biblioteca com os manuscritos.
— Esqueceu que horas são? Os agentes vão começar a matança às 10h.
— Cancele.
— Não posso. E não quero. Vai ser um caos lá em cima. Quem se lembraria de me revistar? E quem teria coragem? Sou um herói. Trabalhei disfarçado, destruí a toca do inimigo, descobri a *sua* traição e salvei o dia. Você matou Red Tie, e eu matei você!

Magritte correu para o elevador, mas foi inútil porque as portas estavam bloqueadas. Sabia que não tinha condições físicas de enfrentar WT. O que ele fez com Red Tie ultrapassava os meros conceitos de agilidade marcial. E se de fato foi o mestre de Ira, o perigo que representava deveria ser multiplicado por dez. Quando Magritte se virou, porém, viu que WT não estava correndo ou mesmo caminhando em sua direção. Ao contrário, o velho retrocedeu até a mesa de Red Tie e tocou algo que produziu um sibilo agudo e irritante.

— Só devo subir depois que os seus amiguinhos estiverem mortos — disse WT. — Acho que temos uns minutos para brincar de esconde-esconde.

As mesas e as grades de proteção passaram para o módulo "camuflagem". Tudo no nono ficou branco, inclusive os frisos do elevador. E WT também desapareceu no meio do salão. Tornou-se invisível por conta das roupas — incluindo a gravata — e da pele albina.

— Xaropada! — resmungou Magritte, sentindo um embrulho no estômago. — Era só o que me faltava.

Considerando que WT ocultara os manuscritos nos bolsos internos do paletó, os únicos pontos de referência eram a gravata de Red Tie, o guarda-chuva espetado em seu peito e a pequena mancha de sangue que lhe umedecia a camisa. Ao olhar para os próprios pés, Magritte teve de enfrentar um ataque de pânico sem precedentes. Caiu de joelhos, por pouco não vomitou. Era nítida a impressão de que estivesse despencando de uma altura incomensurável.

— Já de quatro? — provocou WT (sua voz fazia eco no recinto). — Se a brincadeira nem começou!

Apanhar o guarda-chuva foi a primeira coisa que passou pela cabeça de Magritte. Saiu de gatinhas, escorregando, mas ainda seguindo o objetivo com a maior velocidade possível. Sentiu um chute nas costelas — um chute que vinha de lugar nenhum — e rolou estabanado pelo chão. Girou em torno de si mesmo, lançou as mãos e as pernas ao redor, tentava ceifar o inimigo no vazio. Era puro desperdício de energia, já que WT, rápido e estratégico, tratou de se afastar e ficar a salvo das investidas do bibliotecário.

— Assim não tem graça — ria-se o velho. — Pensei que você fosse reagir à altura.

De repente Magritte se lembrou do dente de ouro. Se surpreendesse WT com a boca aberta, falando, era provável que conseguisse avistar o canino dourado. O negócio, então, era fazer o maldito tagarelar.

— Como teve coragem de trair o CGC? — provocou.

— Como pôde matar um colega a sangue frio?

— Red Tie é um conformista. Era. Ele jamais suspeitou que O Livro estivesse incompleto, jamais teve iniciativa para verificar se a lenda do Mago fazia sentido. Vivia se queixando em voz alta, lamentando que o destino o obrigara a obter um Conhecimento que estava acima do seu desejo de poder. O idiota nunca me enganou. Era apenas uma forma indireta de se vangloriar.

Magritte ficou de pé. Olhava de um lado para outro, afoito, tentando enxergar o brilho fugaz que denunciaria a posição do inimigo.

— E quanto aos *ties*? — perguntou.

— Um bando de bestas quadradas. Posam de maiorais para vocês, subordinados escrotos, mas são incapazes de levantar os olhos para os verdadeiros chefões do CGC.

— Verdadeiros chefões?

— Não pergunte, por favor.

— Quem são esses caras?

— Eu disse para não perguntar. Agora sou obrigado a responder que não é da sua conta.

Magritte anteviu uma sombra. Antes que pudesse se defender, sentiu um novo golpe e voltou ao chão. Levantou-se o mais depressa que pôde, girou para esquerda e direita, procurava atingir qualquer coisa que estivesse ao seu alcance. Nada. Por causa do giro, mas também do cenário translúcido e paradoxalmente claustrofóbico, voltou a se estatelar no piso.

— Que pateta! — disse WT. — Parece um pinguim com as fraldas cheias.

Em vez de continuar procurando o canino dourado na vastidão do limbo, Magritte levantou-se e correu até o corpo de Red Tie. Pensou que seria interceptado por mais um golpe invisível, mas isso não ocorreu. Agarrou a alça do guarda-chuva e, firmando o pé no pescoço do cadáver, recuperou a lâmina para si. A desvantagem continuava, mas pelo menos estava armado.

— Bravo! — debochou o velho. — Pena que a sombrinha de madame não sirva para nada.

Magritte boleou o guarda-chuva como um louco, avançou e recuou executando desengonçados movimentos em oito. O máximo que conseguiu foi se cansar diante do adversário.

— Curioso — disse WT, divertido. — O seu desamparo me lembra a luta final de *Operação Dragão*.
— Por que não vai para o inferno?
— Mais tarde. Primeiro vou levar o seu corpinho ocioso à exaustão. Quero ouvir você implorando pelo golpe de misericórdia.

Mais uma pancada repentina, dessa vez nas costas de Magritte. Apesar da dor, o bibliotecário não largou o guarda-chuva.

— Mas eu estava falando de *Operação Dragão*, certo? Eis que Bruce Lee está aplicando a maior surra de toda a vida de Mister Han. É lógico que o vilão não tem condições de enfrentar o rei do Kung Fu, por isso foge para dentro de uma labiríntica sala de espelhos. Recorda a cena?

Sim, recordava. Isso sempre acontecia nos filmes de artes marciais. O bandido atraía o herói para um ambiente especial — uma sala de espelhos, um porão enfumaçado, um andar vertiginoso — e se empenhava em castigá-lo com golpes perpetrados à traição. A própria revista *Jeremias* já havia se esbaldado com várias paródias do clichê. Magritte teve vontade de falar alguma coisa, mas silenciou.

— O jogo muda quando Bruce entra na sala de espelhos. A imagem de Mister Han se multiplica por mil. É impossível atingi-lo, pois tudo o que vemos são reflexos, projeções, ilusões. É por isso que o valoroso Lee sofre cortes em várias partes do corpo. Eu e você nos encontramos numa cena semelhante, concorda? Com a diferença de que me vejo no papel do vilão, o que soa estranho para mim, que sempre me considerei o herói da história.

— Está tentando contar uma piada?

— Existe outra diferença. O incrível Bruce possui habilidade de sobra para vencer o malévolo Han. Basta que quebre os espelhos e obrigue o oponente a exibir sua verdadeira face. Mas você, seu bunda mole, o que tem para mim? Parece um rato se aproximando da ratoeira. Não tem condições de me vencer aqui ou em qualquer lugar que seja. Novo golpe, nova queda.

Magritte levantou-se e correu porque pressentia que, com toda aquela conversa sobre cinema, WT estava pensando em finalizar a luta. Ao seguir para o vazio, entretanto, bateu em algo duro e pesado, talvez a mesa de Red Tie, e voltou a se esparramar no chão, agora com uma dilacerante dor na perna esquerda. Dali enxergou uma espécie de sombra que se aproximava devagar, mas apenas por um ou dois segundos, tornando mais uma vez à visão do branco infinito. Na sequência sofreu um golpe mais forte que os anteriores, um chute que minou quase todo o seu potencial de reação.

— Vale a pena bater na sua carcaça — zombava WT.

— É gostoso, é viciante.

"Não dá pra combater o velho desse jeito", pensou Magritte. "Mesmo que visualize alguns dos seus contornos, ele sempre estará um passo à minha frente. Preciso tomar a iniciativa".

Foi quando ouviu, por assim dizer, a voz do ancião em sua mente. Lembrou-se de que, no bolso do casaco, estava o terceiro objeto que recebera na caverna oculta da Guilda: o saquinho de areia negra e pegajosa. De alguma forma inexplicável, assim como previra a necessidade da lupa e do apito, o bruxo sabia que Magritte precisaria de algo para "marcar" o inimigo. Como era possível?

"Melhor me ocupar da resposta mais tarde", decidiu o bibliotecário, e no mesmo embalo enfiou a mão no bolso. Tentando não chamar a atenção de WT, abriu o saquinho e pescou uma pitada de pó. Tratou então de aporcalhar os dedos. Com um esforço sobre-humano, controlou a dor e pôs-se de pé mais uma vez. Se o velho resolvesse quebrar o seu pescoço como fizera com Red Tie, tudo estaria acabado.

Mas se resolvesse humilhá-lo com mais uma pancada inconsequente, talvez os rumos da disputa pudessem mudar.

— Covarde! — gritou Magritte, simulando um desespero maior ao que realmente sentia. — Por que não dá as caras e luta como um homem?

Será que WT seguiria o padrão de bater primeiro e zombar depois? Afirmativo. Assim que tomou o chute, Magritte conseguiu raspar os dedos numa das pernas do agressor.

— Lutar como um homem? — disse o velho. — Seria uma covardia contra você.

O guarda-chuva rolou sobre o piso. Magritte se atirou para recuperar o utensílio — sua única arma. Quando reergueu os olhos, notou que havia uma mancha flutuando na imensidão. Três riscos pretos nas calças de WT, que continuava circulando sem se dar conta de que agora podia ser localizado. Magritte manteve o teatrinho do tonto sem direção, fingia que não estava vendo nada, que a qualquer instante explodiria num surto impotente de raiva. Ao mesmo tempo, seguia o posicionamento do oponente com a visão periférica. Esperava o momento certo de revidar.

— Chega de besteira! — disse WT, aproximando-se por trás. — Está na hora de dizer adeus.

— Adeus! — rugiu Magritte, virando-se e atingindo o velho com a lâmina do guarda-chuva.

— Mas... — balbuciou WT. — O que... o que você... como...

Assim de perto, Magritte pôde ver a face retorcida do oponente, que soltou um suspiro ácido e desmoronou sobre os joelhos amolecidos. Os manuscritos também caíram e se espalharam ao redor.

— O que... o que é... isso? — gemeu WT, que estrebuchava e olhava o sangue em suas mãos. — Fui... fui... atingido?

— Mortalmente.
— Seu... seu filho da...
— Acabou, velho. Os seus joguinhos de luta... é assim que chama os seus truques?... não deram em nada.

WT soltou um grunhido gorgolejante:

— Morro... morro... mas os textos ficam... e você... você nunca... nunca receberá autorização para ler... O Livro...

Exausto, Magritte não se deu ao trabalho de pensar duas vezes. Não adiantava rasgar e engolir todas aquelas páginas. Abririam o seu estômago e recuperariam cada pedacinho de papel. Por isso reuniu as encadernações e folhas soltas num pequeno monte. Sacou a caixa de fósforos e levantou a perna para posicionar o sapato. Ainda havia um palito. O último.

— Verme insignificante! — O velho rastejava, estrebuchava, soltava golfadas de sangue pela boca. — Você não pode... não pode fazer...

— Duvida?

— Você quer o que todos querem... quer o poder... o poder...

Magritte encostou a cabeça do palito na sola do sapato.

— Vai falhar... você é péssimo nisso... eu vi no clube... vai falhar... vai...

O fósforo se acendeu. Bela e robusta, a chama tocou as folhas que formavam O Livro. E a fogueira começou a crescer.

— Não! — WT estava a ponto de se afogar no próprio sangue. — Isso custará... a sua... a sua vida...

— Lembra a luta final em *Operação Dragão*? — Magritte soltou o peso do corpo sobre a alça do guarda-chuva, que atravessou o velho de lado a lado, fazendo com que calasse em definitivo. — Mister Han foi transpassado por uma lança.

Por causa da fumaça produzida pela fogueira, o sistema anti-incêndio entrou em ação. Compartimentos se abriram no teto e dezenas de chuveirinhos aspergiram água no recinto. Magritte correu e se atirou sobre a fogueira. Como não teria tempo de se desfazer do sobretudo e com ele improvisar uma proteção impermeável, usou o próprio corpo para formar uma espécie de tenda e garantir que o fogo continuasse consumindo os papéis. Aos poucos o calor se tornou insuportável, mas ele não podia desistir. Era como se seu abdômen estivesse fervendo, sem contar a ardência nos olhos e a impossibilidade de respirar a fuligem. Quando a água começou a empossar no piso, Magritte segurou a base da fogueira com os dedos. Ainda que sentisse — e ouvisse — a própria carne queimar, só se retirou quando teve certeza de que O Livro estava completamente destruído.

Deitado sob a intensa chuvinha fria, gemendo com a dor das bolhas que se avultavam em suas mãos, abriu os olhos com dificuldade e avistou as portas do elevador se movendo. Cinco velhos vestidos de branco entraram no nono andar. Parecia que não se importavam com a água que apagou seus charutos e providenciou que ficassem encharcados até a medula. Usavam gravatas coloridas: verde, azul, amarelo, rosa e preto. Era o Conselho dos Ties? Tudo indicava que sim. Impressionados com os corpos dos colegas atirados em meio ao vazio, trocaram olhares e exclamações de espanto.

— Estamos falando com o bibliotecário Magritte? — disse um deles. — Levante-se, rapaz, você tem muito, mas muito mesmo, a explicar para nós.

20

Magritte abriu a porta devagar. Girou a chave com os dedos da mão enfaixada. Apenas duas semanas haviam se passado, mas já podia sentir o cheiro de mofo no apartamento. Acendeu as luzes, caminhou até a geladeira, bebeu um copo de água.

— Magrinho?

Estava delirando? Ou era a saudade que o forçava a ouvir aquela voz distante e cavernosa?

— Magrinho? — repetiu-se o chamado. — É você?

Vasculhou a cozinha, o corredor, o banheiro. Chegou ao quarto com um nó na garganta. Lá estava o boneco, sentadinho sobre a cômoda ao lado da cama, exatamente como na primeira noite que passaram juntos.

— Meu amor? — sussurrou Magritte, quase chorando. — Mas o que... o que aconteceu com você?

A aparência de Jeremias era deplorável. Suas cores estavam gastas, arranhadas, carunchadas. Faltava a espada e o bracinho direito, violentamente extraído do corpinho de vinil. Alguém havia... mastigado?!... o chapéu e uma parte da cabecinha esburacada. Magritte segurou o boneco com cuidado, mimou-o, apertou-o contra o rosto e a boca que se estreitava em beijos de paixão. Como tantas vezes antes, tentou levantar os óculos escuros e olhar diretamente nos olhos da amada, algo impossível devido à composição fixa da miniatura.

— Credo, magrinho, o que houve com suas mãos?
— Nada, minha querida, nada...
— Nada, não. Estão feridas.
— Não vem ao caso agora. O que importa é que você está viva.
— E você. Eu te amo tanto, magrinho, tanto...
— Eu também, Jê, eu também.
— Como é bom estar de volta. Você não imagina o que passei para chegar aqui.

E o boneco começou a descrever uma odisseia. Falava rápido e sem pausas, socava o ar com a mãozinha restante, mexia a boca num tom dramático e pueril. Magritte pediu que se acalmasse, mas foi em vão. Jeremias precisava compartilhar as suas dores. Depois de quase morrer afogado numa piscina que aparentemente não tinha fundo, foi preso numa sala estranhíssima, cheia de móveis antigos, onde passou um longo tempo na presença de um turco silencioso, um homenzinho com dez centímetros de altura e — "você não vai acreditar, magrinho" — uma serpente negra com os olhos amarelos esbugalhados.

— Acredito, meu amor. Sei bem do que está falando. Também estive diante daqueles pervertidos. É uma longa história, mas primeiro quero ouvir o que se passou com você.

— O homenzinho saiu de uma espécie de aquário e veio na minha direção com um chicote de couro. Me açoitou durante horas, o sádico, não se cansava nunca. E acho que... merda!... acho que estava pensando em me sodomizar.

— Maldito!

— Foram os piores momentos da minha vida. Nem mesmo quando percebi que estava presa neste corpinho de brinquedo, antes de conhecer você, passei por uma onda tão desesperadora de sofrimento. Pensei que tudo estivesse perdido, mas de repente ouvi um estrondo.

— Uma bomba?

— Só podia. Tudo veio abaixo, magrinho. Um pedaço do teto caiu na cabeça do turco, que morreu na hora. Os vidros se quebraram e imensos jorros de água inundaram o local. No meio da confusão, uma coisa engraçada aconteceu. A serpente se aproveitou da oportunidade e devorou o homenzinho. Uma bocada só, nhac!, a cena mais nojenta do mundo.

— Belo fim para a aberração.

— Mas a serpente não se deu por satisfeita. Veio pra cima de mim.

— O quê?!

— E também me devorou.

— Oh, meu Deus, Jê, que horror!

— Calma, meu bem, não precisa fazer essa cara de cemitério. Foi a minha salvação. É óbvio que não pude ver, mas a serpente conseguiu se esgueirar entre os escombros e subir até a superfície. Deve ter sido a única sobrevivente do desabamento. Como não conseguiu me digerir, acabou me vomitando numa galeria de esgoto. Acho que perdi a consciência enquanto estava entalada na garganta do monstro. De repente acordei no meio de uma gosma espessa e amarelada. Perdi um braço, mas ainda podia andar. Encontrei a saída do esgoto e comecei a correr para casa. Foi uma longa jornada.

— Jê...

— Não precisa ter nojo, magrinho. Passei um dia inteiro me lavando com sabão em pó. Diz pra mim, querido, diz se consegui me livrar daquele cheiro odioso.

Magritte foi tomado por um insuportável sentimento de ternura. Tornou a beijar o boneco, a segurá-lo firme contra a boca, o peito, o coração. Jerusa não era espiã coisa nenhuma, não podia ser. Se fosse, por que se daria ao trabalho de voltar ao apartamento do bibliotecário? Ainda havia algo a espionar? Para quê? Para quem? A Guilda se transformara numa cratera irrecuperável. E o CGC estava voltando à rotina com a intervenção direta dos *ties*. Se sabiam tudo a respeito de seus colaboradores, qual a necessidade de espiões? Agora Magritte tinha certeza de que tudo não passava de uma intriga engendrada por Ira. Queria desestabilizá-lo, nem mais nem menos. Jê entrou na sua vida com a missão de traí-lo? Se sim, não podia esquecer que esse tempo havia ficado para trás. Tinha perguntas na ponta da língua — "diga a verdade, querida, perdoarei tudo e qualquer coisa" —, frases que floresceram durante o doloroso período de suspeita, mas resolveu se calar pela simples razão de que um inquérito, além de patético, não seria capaz de esclarecer nada.

— Falhei com você, minha flor, mas prometo que isso vai mudar.

— Do que está falando?

— A biblioteca. Todo esse tempo lá embaixo, tão perto de livros que talvez pudessem reverter a sua situação, desmanchar o feitiço, devolvê-la à vida de Jerusa McMillan. Nunca tive coragem de agir.

— Não fale assim.

— Vamos sair pelo mundo, eu e você, e não descansaremos enquanto não localizarmos o seu verdadeiro corpo. Agora que nos reencontramos, não posso ter outra razão para existir.

— E o CGC?

— Pro inferno com aquela cambada! Vim buscar minhas coisas porque fui transferido para um lugar e uma função que permanecem em segredo. Típico, não? Depois de tudo que aconteceu, pensei que fossem decretar a minha morte. Se ainda não fizeram isso, então é porque o destino quis que eu jogasse tudo para o alto e me dedicasse inteiramente a nós dois.

— Devem estar vigiando você.

— Devem, sim. Mas é um risco que quero correr.

— Sobreviveremos?

Magritte sorriu. Arrumou o que pôde numa mala, pôs Jeremias embaixo do chapéu, trancou o apartamento e desceu para a rua. Em vez de tomar o circular que o devolveria ao Quarteirão Proibido, subiu num velho ônibus da Auto Viação Palmeira. O veículo fez a curva que o obrigaria a se afastar da cidade.

E sumiu-se no horizonte.

EPÍLOGO

Eillen tinha oito anos e vivia na pequena Örnsköldsvik, no norte da Suécia. Aparentemente, era uma menina comum. Tirava boas notas na escola, brincava com as amiguinhas no ringue de patinação e torcia pelo time de hóquei da cidade. Filha única, recebia toda a atenção dos pais, que sonhavam para ela uma vida digna e feliz.

Mas um dia Eileen começou a revelar um comportamento inusitado. Passou a tarde trancada no quarto, escrevendo. Na manhã seguinte, recusou-se a ir para a escola. Disse que tinha muito a fazer e ficou em casa, preenchendo páginas e mais páginas de rasuras incompreensíveis. O que parecia ser precocidade literária rapidamente se transformou em motivo de preocupação.

A mãe vasculhou o quarto da filha e encontrou uma dúzia de cadernos escondidos. O volume de texto era bem maior que o previsto. E quase nada fazia sentido. No entanto, no meio das incoerências, havia um parágrafo escrito em outro idioma. Parecia latim. "Como é possível", pensou a mãe, "se essa menina nunca teve contato com línguas antigas?" Devia ser apenas impressão, ou talvez Eileen houvesse copiado as frases da internet.

Por via das dúvidas, a mulher fotografou a página e a enviou para uma irmã que era professora. "É latim?", dizia a minúscula mensagem no celular. "Sem dúvida", respondeu a irmã. "E está gramaticalmente correto. É a letra da Eileen? Foi ela que escreveu?". Para ter certeza absoluta, a mãe acessou um tradutor on-line e digitou o texto de cabo a rabo. A tradução saiu quase perfeita. Parecia ser uma fábula primitiva, mas ninguém, nem mesmo a menina, pressionada à exaustão, soube interpretar o seu significado. A mãe lia e relia o texto, estarrecida, tentando encontrar uma explicação para o fenômeno:

Havia um menino que morava na beira do rio. Era o filho mais novo de um casal de lavradores que dia a dia cultivava a terra para o sustento da família...